ALI,

ou

LES KARÉGITES.

ALI,

OU

LES KARÉGITES,

TRAGÉDIE EN CINQ ACTES,

PAR M^r. B. F. A. FONVIELLE,

DE TOULOUSE.

. . . . La Providence,
Veillant sur son ouvrage et réglant nos destins,
Intéressa les rois au bonheur des humains.
ACTE V, SCÈNE III.

Prix : 2 fr. 50 c., et 3 fr. franc de port.

A PARIS,

DE L'IMPRIMERIE DE MICHAUD FRÈRES, IMPR.-LIBR.,
RUE DES BONS-ENFANTS, n°. 34.

M. DCCC. XI.

PRÉFACE.

« Il devrait y avoir, dit Montaigne, quelque
» coerction des lois contre les écrivains ineptes
» et inutiles, comme il y a contre les vagabonds
» et fainéans. »

Voilà un vœu philosophique qui devrait
m'imposer silence; car que je me montre ici
un écrivain inepte, cela n'a pas paru douteux,
comme on va le voir, à un homme de sens qui
a déclaré que mon Ouvrage *n'est pas susceptible de lecture :* et quant à ma qualité d'inutile,
elle saute aux yeux : rien au monde, en effet,
n'étant plus indifférent, après l'existence de
cette Tragédie, que la question de savoir si son
Examinateur a eu tort ou raison de lui fermer
l'entrée du Théâtre-Français.

Après un tel aveu, pourquoi, tout au moins,
ne gardai-je pas l'anonyme ?

Mon intérêt de position semblait m'en faire
une nécessité.

Déjà, plus d'une fois, quoique je n'aie pu, jusqu'à ce jour, accorder aux lettres qu'un culte furtif, le penchant qu'on me connaît pour elles, m'a fait obstacle dans la carrière de la vie.

« C'est un homme qui fait des livres, » disait un jour un homme puissant, qui fit aussi des livres, à quelques amis qui cherchaient à lui inspirer de la bienveillance pour moi.

Je n'ai point, il est vrai, à craindre une telle remarque de la part de l'Homme d'état auquel j'appartiens, parce qu'il sait que je suis incapable de sacrifier mon devoir à mes jouissances, et parce que c'est, de plus, un homme de goût qui croit et qui, lui-même, est une preuve que les lettres ne sont pas incompatibles avec les affaires.

Cependant, dans l'attitude où me place le censeur du Théâtre-Français, qui a rebuté mon Poëme, tout semblait m'interdire de m'en montrer l'auteur.

A côté d'un succès, j'eusse pu n'y trouver presque aucun inconvénient. Tout succès dispose à l'indulgence ceux qui n'ont pas à lui porter envie; et, tout au moins, s'il le faut

acheter par quelque sacrifice, porte-t-il en lui-
même une sorte de compensation.

Ces considérations n'ont pu m'en imposer ;
ma franchise naturelle n'a pu reculer devant
elles : et, soit qu'il y ait en moi je ne sais quel
instinct, qui, entre deux partis à prendre,
m'impulse nécessairement à choisir celui qui
exige le plus de courage ; soit que je me sois
convaincu que garder l'anonyme est un mau-
vais moyen pour intéresser le Public, je n'ai
point balancé à demeurer fidèle au caractère
que j'ai développé jusqu'ici (*).

_____

(*) Je n'ai point gardé l'anonyme, lorsque, le 1ᵉʳ. mai 1796,
j'ai publié mes premiers *Essais sur l'État de la France*,
ouvrage qui, j'ose le dire, n'a point été inutile à la cessation de
nos troubles, et qui exigeait un tout autre courage que celui
qui me fait aujourd'hui réclamer, à front découvert, contre le
jugement prononcé, sur cette tragédie, dans l'ombre d'un jury
de lecture.

Il m'en fallut sans doute beaucoup moins, lorsque, vingt jours
après le 18 brumaire an 8, je publiai les *Résultats possibles*
de ce jour fameux ; lorsque je donnai au Public ma *Situation
de la France et de l'Angleterre à la fin du dix-huitième
siècle* ; lorsque je mis au jour mes *Essais historiques, cri-
tiques, apologétiques et économico-politiques*, au 14 juillet
1804, ouvrages qui m'ont valu des témoignages d'estime, pour

a..

Aucune coterie, aucun parti, aucuns prô-
neurs ne me protègent.

J'ai vu de près le manége qui crée, à Paris,
les réputations littéraires; je m'en suis éloigné;
et, au lieu de m'y associer, comme je l'aurais
pu, inhabile à l'intrigue, dès long-temps j'ai
fait publiquement profession d'indépendance
et d'isolement.

Lecteurs honnêtes, lecteurs impartiaux, le
moment est venu, pour vous, de punir ma folie,

---

la plupart ignorés du public, et, par cela même, d'autant
plus précieux pour moi. Cependant, on y trouve plus d'un
motif auquel peut-être d'autres eussent cédé pour rester
anonymes.

Mes *Essais de Poésie* sont dans le même cas : il m'a fallu,
à l'époque de leur publication, une grande confiance dans la
pureté de mes principes et dans la vigueur de ma philosophie
pour braver, avec un succès qui, tôt ou tard, sera connu, les
scrupules de quelques subalternes qu'offusquèrent une ou deux
de mes Odes et quelques-unes de mes Fables, dont l'oubli,
qui semble les couvrir, me déterminera peut-être à publier un
nouveau recueil, grossi de celles que renferme encore mon
porte-feuille peu communicatif.

Toujours mon nom fut à la tête de mes écrits. D'après le
dédain dont je ne sus jamais me défendre pour tout ouvrage
sans nom d'auteur, je ne pouvais adopter une autre conduite.

si cette conduite vous paraît celle d'un écrivain présomptueux, qu'enivre l'idée qu'il se forge de son talent.

Je vous constitue mes seuls juges : je traduis devant vous mon Examinateur, et termine cette Préface en mettant sous vos yeux, comme pièces de mon procès, les deux Lettres qui suivent.

Lettre de l'Auteur, à M. ***

Paris, 25 décembre 1810.

Vous avez, mon digne et respectable ami, dirigé, en quelque sorte, mes travaux historiques, pour le rassemblement des matériaux dont je me suis environné, avant d'édifier le plan de mon poëme d'*Ali ou les Karégites*.

Vous avez approuvé ce plan, pour lequel j'aime à me confesser redevable envers vous de ce qu'il peut avoir de régulier.

Votre goût épuré a soutenu et encouragé mes efforts, lorsque j'ai essayé de rendre cet ouvrage digne de la scène française.

Vous avez cru, vous m'avez invité à croire que je pouvais le présenter, sans avoir à craindre de me voir placé au-dessous de quelques tragédies modernes, dont l'admission vous faisait espérer que la mienne serait reçue avec quelque faveur.

Hélas! qu'elles sont mensongères les illusions de l'amour-propre, et combien il est sage de se défier des préventions d'une amitié trop indulgente!

J'ai fait remettre au secrétariat de la Comédie-Française, par une main étrangère, mon manuscrit, connu déjà de MM. Talma et Lafond et de Mlle. Duchesnois. J'aurais pu prévenir, de sa présentation, des artistes aussi recommandables, et réclamer d'eux la promesse qu'ils avaient eu la bonté de me faire, de protéger une production à laquelle ils m'avaient témoigné accorder quelque estime.

Mais, ne s'agissant, d'abord, que de son admission à la lecture, j'ai cru devoir réserver leur appui pour un moment plus essentiel, et je me suis fait un scrupule d'abuser de leurs dispositions favorables, pour me soustraire à la loi commune du censorat avant la lecture, ou pour influencer le censeur inconnu, que le sort me réserverait.

Vous ne serez point étonné, mon ami, de la marche simple que j'ai suivie; mon caractère vous est connu; vous savez combien l'ombre même de l'intrigue l'effarouche et lui convient peu. Ce que j'ai fait, je le ferais encore; et je suis sûr d'avance que vous ne me blâmerez pas.

J'arrive au résultat; vous devez être impatient de le connaître; et moi, je vous le communique, non pour vous demander des conseils sur la marche que j'aurais à suivre pour appeler, avec quelque apparence de succès, du jugement de mon Censeur, (car, vis-à-vis de la Comédie, je suis déterminé à m'y tenir), mais pour vous prier de m'aider à comprendre ce jugement, et surtout de me dire, avec votre franchise ordinaire, si, d'après son avis et une nouvelle lecture que je vous prie de faire de mon manuscrit, que je vous envoie, vous pensez qu'en effet la comédie eût prodigué à tort une heure d'attention à la lecture de mon Poëme, et qu'il a mérité qu'on épargnât au Théâtre-Français cette perte de temps.

Voici ce jugement :

Copie de l'opinion du Jury de lecture de la Comédie-Française, communiquée par M. le Secrétaire, le 22 décembre 1810.

« CET ouvrage *offre une composition assez tragique, en* » *mettant sur la scène la veuve de Mahomet et les descen-* » *dans de ce Prophète;* mais il était difficile de leur faire tenir » le langage convenable à cet *illuminé* fondateur.

» Des vers sonores, de pompeuses locutions, et *des person-* » *nages d'un nom bizarre*, ne suffisent pas pour composer » une bonne tragédie.

» Cette pièce est sagement conduite; les règles d'Aristote y » sont strictement observées; le dialogue très exact et le style » assez correct; cependant, elle n'inspire qu'un très faible inté- » rêt. Pourquoi ?

» C'est que les caractères n'y sont pas fortement prononcés, » que l'élan tragique ne s'y trouve pas, et que ces deux grands » leviers, la terreur et la pitié, ne sont pas employés *avec cette* » *vigueur qui entraîne et subjugue le spectateur.*

» La veuve de Mahomet (Aïscha), n'a point la stature qui lui » convient, et est dénuée *de cette inspiration digne du Pro-* » *phète.*

» Zobéide *est timide et langoureuse.*

» Les deux rivaux, Ali et Moavie, *sont de ces héros qu'on*
» *trouve partout.*

» Aussi l'action languit entre leurs mains, et se ressent *de la*
» *faiblesse des personnages secondaires.*

» Cette pièce, n'ayant pas la teinte *assez tragique*, pour
» être placée *auprès des grands modèles qui ornent chaque*
» *jour la scène française*, n'est pas susceptible de lecture. »

Voilà, mon digne et respectable ami, l'opinion de mon Censeur.

Faites-moi, je vous prie, connaître si vous la partagez.

Je me considérerai, dans ce cas, comme jugé en dernier ressort, et mon ouvrage s'ensevelira dans mon portefeuille pour
n'en plus sortir; dans le cas contraire, n'y ayant pas pour moi,
qui ne connus jamais de voies obliques, d'autre marche à suivre
pour obtenir, si je le mérite, la réparation d'une telle injustice, je me sentirai le courage d'appeler au Public de ce jugement ténébreux.

Je n'ai point à me plaindre de la Comédie-Française.

Si l'on ma fermé le passage avec brutalité, c'est à moi seul
que j'ai à l'imputer.

Il n'eût tenu qu'à moi de franchir la barrière que m'a op-
posée mon Censeur anonyme.

Cependant je ne l'ai pas fait.

Revenir sur mes pas serait peut-être praticable; mais je ne
saurais m'y résoudre; c'est vous, d'abord, et ensuite, si vous
l'approuvez, c'est le Public que je prends pour mes juges.

Votre réponse sera ma règle unique : je l'attends sans impatience, pour vous laisser le temps de la bien réfléchir.

*Réponse de M. *** à l'Auteur.*

Paris, 16 janvier 1811.

Oui, mon ami, vous devez appeler au Public de l'opinion du Jury de lecture, puisque vous répugnez à chercher une autre voie, pour en neutraliser les effets. J'approuve même votre répugnance à cet égard, car il est évident que le jugement déjà prononcé sur votre Ouvrage, influerait nécessairement sur celui qu'en définitif porterait la Comédie-Française elle-même, si les amis que vous y avez pouvaient vous obtenir une lecture. Votre succès devant la Comédie assemblée me paraît hors de toute probabilité ; le zèle de vos amis ne pourrait vous sauver un refus ainsi préparé, et je ne puis vous conseiller de vous exposer à ce désagrément injuste.

Je ne sais pas jusqu'à quel point l'espèce d'anathême, dont se trouvent frappées les pièces de théâtre qui voient le jour pour la première fois, ailleurs qu'au Théâtre-Français, peut vous permettre d'espérer que, tôt ou tard, votre Ouvrage, apprécié comme il me semble mériter de l'être, obtiendra, du moins à Paris, les honneurs de la représentation ; je n'examine pas si, en le publiant, comme vous vous proposez de le faire, vous vous donnez ou vous vous enlevez le droit de voir le Jury des prix décennaux, lui assigner un rang quelconque parmi les productions dramatiques de la période que nous parcourons : ce que j'affirme, c'est que vous avez fait un ouvrage estimable ; que vous n'avez pas mérité l'exclusion dont il est frappé ; peu s'en faut même que je n'affirme aussi que c'est précisément parce qu'il méritait un tout autre accueil, que vos Examinateurs se sont hâtés de vous pousser ainsi hors d'une carrière dont ils ont de bonnes raisons d'interdire l'entrée à ce qui ne porte pas le cachet de l'extrême médiocrité (1)......... Abstenons-nous de citations épigrammatiques et renfermons-nous dans ce que vous désirez de moi.

J'ai relu avec attention, et, je vous l'assure, avec intérêt, votre Tragédie.

Cette lecture n'a fait que confirmer l'opinion que j'en avais déjà.

Vous n'attendez pas que je vous dise qu'elle me paraît un chef-d'œuvre; je sais quel est votre respect pour les grands maîtres qui vous ont précédé, et vous vous défieriez, avec raison,

_____

(1) Il sera curieux de voir, au bout de la période décennale actuelle, combien nos poètes tragiques auront ajouté à nos richesses dramatiques. A en juger par votre exigeant Examinateur, il y a beaucoup à espérer, et nous devons compter sur des chefs-d'œuvre, pour peu que le Théâtre-Français nous donne quelques nouveautés; car, aujourd'hui, il paraît que tout accès sera fermé à des productions, même au-dessus du médiocre. Heureuse et désirable révolution! autrefois on n'était pas si difficile, et de tant de tragédies modernes, qui ont eu une ombre de réputation, il en est peu, soit dit, mon ami, pour votre consolation, qu'on pourrait trouver sagement conduites, conformes aux règles de l'art, soutenues d'un dialogue exact et d'un style correct. Reste à savoir (et c'est ce que vous devez laisser juger par le public), si elles ont, plus que la vôtre, le mérite d'employer la terreur et la pitié *avec cette vigueur qui entraîne et subjugue le spectateur*, et d'avoir *la teinte assez tragique pour être placées auprès des grands modèles qui ornent la scène française...* C'est un terrible homme que votre Censeur!

d'une opinion aussi exagérée; mon amitié pour vous ne saurait m'aveugler à ce point, ni me faire manquer à ce que je me dois à moi-même.

Mais j'y trouve tout ce qui peut donner l'espérance d'un succès flatteur et durable : une fable bien combinée; une époque heureusement choisie; une action imposante, sagement conduite; des personnages qui ont eu, sur leur siècle et sur leur nation, une telle influence, que leurs rivalités, dont vous présentez le tableau avec un coloris brillant et une touche ferme et nerveuse, durent encore, après douze cents ans, parmi les sectateurs de Mahomet.

J'y trouve des caractères bien dessinés, et qui ne se démentent point, mis en opposition d'intérêts et de situation avec assez d'art, pour faire encore plus ressortir celle qui existe historiquement entre vos principaux personnages.

J'y trouve, comme le dit votre Censeur lui-même, une composition tragique, non pas parce que vous mettez en scène la veuve de Mahomet et les descendans de ce Prophète, ce qui ne veut rien dire, mais parce que la double rivalité d'Ali et de Moavie vous a fourni le moyen de placer ce dernier dans une situation périlleuse qui appelle sur lui un intérêt toujours croissant, jusqu'à la catastrophe qui le fait triompher de son ennemi et désarme le fanatisme qui conspirait également contre les deux rivaux.

J'y trouve, d'accord encore avec votre Examinateur, une versification sonore et pompeuse, forte de style et d'un dialogue exact et naturel.

La seule chose qui m'eût peut-être causé quelque inquiétude à la représentation, et qui a échappé à la sagacité ou à la morosité

de votre Censeur, c'est l'emploi que vous faites de ce souterrain
pratiqué par Omar, et dont le secret, connu d'un esclave de ce
Kalife, est révélé à Moavie, qui y saisit avidement un moyen
d'arracher sa maîtresse des mains de son rival.

Je sais bien qu'en effet, Omar, fondateur de Bassora, témoin
de la naissance de l'Islamisme, et prévoyant les luttes sanglantes dont l'Orient serait long-temps agité après la mort de
Mahomet, y pratiqua, par prudence, d'immenses souterrains
qui le forcèrent à en jeter les fondemens à une lieue du fleuve
célèbre qui arrose son territoire ; telle est, à peu près, notre
Vienne en Dauphiné. Or, si jamais cette ville française devenait
le lieu de la scène d'une tragédie, bien certainement on ne
querellerait pas son auteur d'employer ses vastes souterrains,
pour les lier à son action et préparer son dénouement. Mais
Bassora, quoique au rang des cités fameuses, n'est pas connue
assez de la foule des spectateurs, pour que le plus grand nombre
sache que votre action est fondée sur une vérité historique et
géographique. Les savants seuls n'eussent marqué aucun éton-
nement ; eux seuls, peut-être, n'eussent point été choqués à une
première représentation, de l'apparition de votre Moavie ; mais
les savants ne font pas les succès au théâtre, et, sous ce
rapport, il est peut-être heureux, pour vous, que vous ayez
été conduit à ne laisser juger votre Ouvrage qu'à la lecture.
Vous y perdrez un peu de cette fumée, de ce bruit qui plaisent
tant aux auteurs ; mais j'ose vous prédire que vous y gagnerez
en estime réelle, raisonnée et sentie.

Vos lecteurs aimeront une exposition vive, franche, com-
plète, graduelle, qui naît de l'action elle-même.

Vous ne vous servez point de ces confidens, à qui leurs

maîtres répètent, avec des détails, nécessaires seulement pour le spectateur, ce qu'ils savent aussi bien que celui qui parle ; vous faites agir vos personnages dès la première scène ; l'exposition marche avec l'action, et l'action ne s'arrête plus jusqu'à la catastrophe, qu'il était difficile de prévoir, et qui, même, lorsqu'elle est arrivée, tient encore le spectateur en suspens jusqu'au retour de Moavie, qui fait cesser toutes les craintes et achève le dénouement.

L'intérêt croît, d'acte en acte, avec une graduation sagement ménagée, pour produire, au troisième, un effet qu'on pourrait croire difficile de soutenir, et qui s'augmente cependant au quatrième, pour lequel vous semblez avoir réservé toute votre chaleur tragique, tandis qu'au cinquième, malgré la marche rapide des événements qui amènent le dénouement, vous n'avez rien perdu de cette même chaleur dont votre difficile Examinateur veut, bon gré mal gré, que vous manquiez absolument.

J'avais le desscin d'examiner, à mon tour, cet Examinateur qui, dans son dire, s'est peu donné la peine de justifier ses droits à se constituer bon juge en fait de style, dédaignant de servir de modèle, et qui, surtout, y fait preuve de la logique la plus faible ; mais cette espèce de critique ne ferait rien à la question. Convaincre ce Censeur de faux raisonnemens, ne serait pas acquérir à votre Poëme un mérite qu'il ne possèderait pas ; j'abandonne donc cet habile Aristarque à son aveuglement, volontaire ou non, et, dans votre lettre, que je vous renvoie, je me borne à souligner les expressions de sa notice, sur lesquelles j'aurais pu, à mon tour, appuyer ma censure.

Le Public, toujours excellent juge quand il est livré à lui-même, vous en fera justice si vous imprimez votre lettre et la mienne en tête de votre Poëme ; ce à quoi rien ne me défend de vous autoriser.

Je ne puis cependant m'empêcher de faire une remarque qui décèle de la mauvaise foi, dans le jugement que vous m'avez communiqué.

Il n'existe dans votre pièce, que quatre principaux personnages : Ali, Moavie, Aïscha et Zobéide (par parenthèse, ce ne sont pas là des personnages d'un nom bizarre). Vos personnages secondaires se réduisent à deux : Ziad, ami et ambassadeur de Moavie, et Abbas lieutenant-général d'Ali. Le premier ne paraît qu'au premier acte, et certes d'une manière assez brillante, car je ne connais guère au théâtre, de scène d'ambassade d'un plus bel effet que la vôtre ; le second occupe toute l'action, et dispute, en quelque sorte, le premier plan à son maître ; c'est peut-être votre plus beau rôle, défaut heureux, qu'on aurait pu néanmoins vous reprocher avec une ombre de justice.

Cependant le Censeur anonyme trouve que votre action languit et se ressent *de la faiblesse des personnages secondaires.* Une telle opinion est une insulte à la raison et à la vérité, et je crois impossible qu'elle soit, dans la conscience de votre Censeur. Que le Public en soit juge, mon ami : non seulement je ne m'oppose pas à ce que vous imprimiez ma lettre, mais je vous y invite formellement.

Oh ! s'il pouvait résulter de tout ceci que la police intérieure du Théâtre-Français !... Eh ! pourquoi ne pas l'espérer ?

Un grand homme gouverne la France.

Ce grand homme veut la gloire des arts.

Il ne voit pas cette gloire dans les viles passions de quelques coteries.

Sa providence veut et peut tout embrasser.

S'il était vrai que votre Ouvrage ait été rebuté, d'abord, et cela est de peu d'importance, parce qu'il a offusqué certains amours-propres bien exclusifs, bien irascibles; ensuite, ce qui serait plus sérieux, parce qu'il met en scène un fondateur de dynastie, ou, tout au moins, parce qu'on vous envierait le mérite d'être le seul ou le premier qui ayez senti ce à quoi la circonstance invitait tous nos gens de lettres... Mon ami, imprimez votre lettre et la mienne; il n'en peut résulter que du bien.

***

NOMS DES PERSONNAGES.

ALI, cousin et gendre de Mahomet, compétiteur de Moavie.

MOAVIE, premier Kalife de la race des Ommiades.

AISCHA, veuve de Mahomet, prisonnière d'Ali.

ZOBÉIDE, fille de Zobaïr, de la maison d'Ommiah, amante
de Moavie.

ABBAS, ami et lieutenant-général d'Ali.

ZIAD, ami de Moavie, et son ambassadeur.

OULOUK, officier de l'armée d'Ali.

ELIAH, esclave au service d'Aïscha.

TALCHA }
JASSER } capitaines de la garde d'Ali, personnages muets.

GARDES D'ALI.

GARDES DE MOAVIE.

La scène est à Bassora, dans le palais d'Ali.

Le théâtre représente une des principales salles du palais des Kalifes,
à laquelle on parvient par les coulisses du fond, à droite et à gauche,
et à travers les colonnes qui supportent et décorent ce riche édifice,
ouvrage d'Omar.

A la droite et à la gauche du spectateur, sont les entrées de deux
appartemens uniformes, dont l'un est celui d'Aïscha et de Zobéide.

Aux deux côtés de l'avant-scène, sont deux fauteuils.

ALI,

OU

LES KARÉGITES.

~~~~~~

ACTE PREMIER.

SCÈNE PREMIÈRE.

AISCHA, ZOBÉIDE, ZIAD, *venant à leur rencontre.*

ZIAD.

Astre consolateur! veuve du saint prophète!
Soutien de l'islamisme en proie à la tempête!
Aïscha, des croyans et l'oracle et l'espoir!
Vous, Zobéide, aussi! je puis donc vous revoir!

AISCHA.

Hélas !

ZOBÉIDE.

Instruisez-nous du sort de Moavie,
Ziad.

ZIAD.

Qu'à mon bonheur il porterait envie,
Madame, s'il savait qu'Ali moins ombrageux
M'a lui-même permis de paraître à vos yeux !

ZOBÉIDE.

Mais enfin, que fait-il ? et quelle est sa fortune ?
Ici nous l'ignorons. Une foule importune
Observe nos regards et compte nos regrets ;
Mais le silence habite en ce triste palais.
Rassurez d'Aïscha la tendresse timide ;
Parlez : instruisez-nous : rassurez Zobéide.
Quels sont de Moavie ou les vœux ou l'espoir ?

ZIAD.

Ses vœux seraient comblés, s'il pouvait vous revoir.
Il règne ; il est vainqueur : ses vertus, son courage,
Du Prophète, en ses mains, ont fixé l'héritage ;
Et si, depuis long-temps, le téméraire Ali

Sous ces murs embrasés n'est pas enseveli,

Il ne le doit qu'à vous, qu'il tient en sa puissance;

Vous seules du Kalife arrêtez la vengeance.

Chaque jour vos dangers suspendent ses desseins

Et son glaive étonné reste oisif en ses mains.

AISCHA.

Je te rends grâce, ô ciel! ô toi que je révère,

Prophète saint, du juste et l'espoir et le père!

A ces signes certains je reconnais ton bras.

Achève ton ouvrage et ne supporte pas,

Qu'en ces murs odieux ta veuve et Zobéide,

Demeurent plus long-temps au pouvoir d'un perfide.

Qu'il soit maudit par toi, comme je le maudis!...

De tes forfaits, Ali, tu recevras le prix.

Eh! qui peut, sans frémir, sonder l'affreux abîme

Des maux, dont ta fureur, marchant de crime en crime,

Entoure le berceau de notre sainte loi!

Que de pleurs, que de sang déposent contre toi!

Tremble! d'Othman, enfin, la vengeance s'apprête;

Son trône ensanglanté va crouler sur ta tête;

Et des fils d'Ommiah le règne glorieux

Du monde consolé comblera tous les vœux.

ZIAD.

C'est de nos Musulmans la plus chère espérance.

Moavie a, d'Othman, embrassé la vengeance;

Il l'obtiendra, Madame; heureux qu'un tel succès

Serve de son amour les plus chers intérêts!....

Mais combien cet amour égarait sa grande ame!

J'en ai frémi!

ZOBÉIDE.

Comment?

ZIAD.

Rassurez-vous, Madame.

A sa perte, aujourd'hui, je le voyais courir;

Mais un ami fidèle a su le retenir.

ZOBÉIDE.

Expliquez-vous.

ZIAD.

Tantôt, chargé de son message,

De la paix, en ces lieux, j'allais porter le gage;

« Non, m'a-t-il dit: sans moi tu ne partiras pas.

» Aux murs de Bassora j'accompagne tes pas.

» Ali sera vaincu par tant de confiance.

» Par ce noble abandon jugeant de ma puissance,

» Il hâtera lui-même un traité généreux

» Qui lui conserve un rang digne encor de ses vœux.

» Un jour plutôt, témoin de mon respect pour elle,

» Aïscha recevra mon hommage fidèle;

» Un jour plutôt, enfin, l'objet de mon amour....

ZOBÉIDE.

O terreur! Moavie en cet affreux séjour!

Ce héros, sans défense, à la merci d'un traître!

Ah! ce n'est qu'en vainqueur qu'il doit ici paraître!

Il ne peut de son sort disposer à son gré.

Que sa vie en vos mains soit un dépôt sacré,

Ziad; et puisqu'il faut que le glaive décide

Si Mahomet réprouve une race homicide,

Au pur sang d'Ommiah qu'il conserve son bras

Et n'expose ses jours qu'au milieu des combats.

Il ne sait pas d'Ali jusqu'où va l'arrogance!

C'est peu d'avoir osé, rival de sa puissance,

Lui disputer d'Othman, l'héritage sanglant,

Rival de son amour, il se dit mon amant.

Il veut que, de sa main recevant la couronne,

Sous ses pas chancelants j'affermisse le trône,

Et que, complice enfin de toutes ses fureurs,

Je légitime ainsi ses vœux usurpateurs.

Vains projets! fol espoir! la fière Zobéide

Rejette, avec horreur, cet hymen parricide:

Mais, Ziad, vous voyez mon trouble et mon effroi;

D'un héros imprudent, ici répondez-moi.

Que désormais.....

ZIAD.

Daignez vous reposer, princesse,

Sur les soins d'un ami que sa gloire intéresse.

Sans doute, Ali, bientôt, va paraître à nos yeux;

Il vient de m'inviter à l'attendre en ces lieux:

Puisse-t-il de la paix sentir tout l'avantage!

Je vais de Moavie accomplir le message,

Et soudain.... Mais que vois-je?...

SCÈNE II.

LES PRÉCÉDENTS, ÉLIAH.

ÉLIAH.

Accourez, Aïscha!...

Je ne me soutiens plus... Secourez Éliah!...

Je meurs de mon effroi.... Dieu!

ZOBÉIDE.

Quel trouble t'agite ?

ÉLIAH.

Princesse, pardonnez... il est à ma poursuite...

AISCHA.

Qui donc ?

ÉLIAH.

Un inconnu qui demande à vous voir.

AISCHA.

Quel est-il ? d'où vient-il ? et quel est son espoir ?

ÉLIAH.

Je ne sais. Je l'ai vu de la terre entr'ouverte,
Sortir le glaive en main.

SCÈNE III.

LES PRÉCÉDENTS, MOAVIE.

AISCHA, *apercevant Moavie.*

Ciel !... tu cours à ta perte,
Imprudent Moavie !

MOAVIE.

Aïscha, laissez-moi
Jouir de mon bonheur : dissipez votre effroi.

ZIAD.

Qui peut nous rassurer, prince trop téméraire?

ZOBÉIDE.

Zobéide, cruel, ne vous est donc plus chère?

MOAVIE.

Qu'osez-vous dire?

ZOBÉIDE.

Eh! quoi! voulez-vous qu'à mes yeux
Un barbare?...

MOAVIE.

Cessez de craindre un factieux,
Que votre seul danger, son unique défense,
Déroba trop long-temps à ma juste vengeance.
Sachez par quel prodige et par quels chemins sûrs
Je me vois, près de vous, introduit dans ces murs.
Sachez par quels moyens la bonté du Prophète,
En brisant vos liens, va hâter ma conquête.
Zobéide, Aïscha, Ziad, écoutez-moi.

ZOBÉIDE.

Je tremble!

AISCHA.

Je ne puis maîtriser mon effroi!

De ces lieux, Eliah, défendez les approches ;
Veillez.

ZIAD.

N'espérez pas éviter mes reproches,
Seigneur.

MOAVIE.

Jugez-moi tous. Ami, fils, prince, amant,
J'ai rempli mon devoir. A peine de mon camp
Le fidèle Ziad franchissait la barrière,
Qu'un esclave, à ma garde adressant sa prière,
Pour un motif secret qu'il vient me révéler,
Sollicite à genoux l'honneur de me parler.
Introduit devant moi, sans témoin je l'écoute.
Il m'apprend qu'il existe une secrète route,
Qui, par des souterrains, de tout autre ignorés,
M'ouvre un facile accès dans ces murs abhorrés.
Jusque dans ce palais elle peut m'introduire ;
C'est l'ouvrage d'Omar, quand, maître de l'Empire,
Ce Kalife prudent, que son règne illustra,
Sur les bords de l'Euphrate eut fondé Bassora.
L'esclave à ce grand prince appartint dès l'enfance ;
Il eut, jusqu'à sa mort, toute sa confiance ;

Et ce secret jamais n'eût éte révélé,

Si la religion à son cœur n'eût parlé.

Il déteste d'Othman le meurtrier impie.

Pour venger ce Kalife, il donnerait sa vie;

Heureux, s'il peut, ainsi, contre l'usurpateur,

Servir son légitime et digne successeur !...

Aïscha ! je pouvais vous revoir et vous rendre

Tout ce que j'ai reçu de votre amitié tendre;

Je pouvais, sans péril, ouvrir votre prison,

Sauver ma Zobéide, et j'aurais tardé ! non.

Par moi-même, j'ai dû m'assurer qu'un faux zèle

Ne m'avait point offert un rapport infidèle.

Je suis venu; j'ai vu; sûr de ce que je puis,

Mon devoir est de mettre un terme à vos ennuis.

Avant tout, à travers ces voûtes ténébreuses,

Où s'offrent cent détours et des routes trompeuses

Qui pourraient m'égarer et trahir mon espoir,

Seul, je vais assurer ma marche, et, dès ce soir,

Tout sera préparé pour votre délivrance.

ZOBÉIDE.

Cher prince !

ÉLIAH.

Ali paraît.

AISCHA.

Évitez sa présence.

(*Moavie sort avec Éliah.*)

SCÈNE IV.

AISCHA, ZOBÉIDE, ALI, ZIAD, GARDES D'ALI, COMMANDÉS PAR JASSER.

ALI.

Du traître Moavie aveugle ambassadeur
Qui, jadis, de la foi vertueux défenseur,
Méritiez aux croyans de servir de modèle,
Qu'espérez-vous d'Ali? que me veut un rebelle
Qui s'arma contre moi de mes propres bienfaits?
Venez-vous demander ou la guerre ou la paix?

ZIAD.

Vous choisirez, Seigneur; mais cessez, à mon maître,
De prodiguer ces noms de rebelle et de traître;
Vous savez mieux que moi, qui les a mérités.
Vous savez qui trahit la foi due aux traités;

Qui, lorsque l'Alcoran, juge de sa querelle,

Le déclara déchu de sa grandeur nouvelle,

Parjure à son serment, de ses prétendus droits

S'arma contre son prince une seconde fois.

Aïscha, j'ose ici vous attester vous-même;

Qui, du kalife Omar, à son heure suprême,

Prétendit usurper l'héritage sacré ?

Qui, de son successeur, par un crime abhorré?....

ALI.

Cessez, Ziad, songez que c'est en ma présence

Que, par de tels discours, vous tentez ma clémence.

Aïscha ne saurait prononcer entre nous.

Gendre, cousin, ami de son céleste époux,

Je devrais de sa bouche attendre ma défense;

Mais quand tout l'Orient a vu son inconstance,

Tantôt en ma faveur faire parler nos lois,

Tantôt de Moavie attester les vains droits,

Je puis, sans outrager la veuve du Prophète,

Choisir du Livre Saint un plus sage interprète;

Ou plutôt, de ce Livre isolant nos débats,

N'attendre un jugement que du sort des combats.

ZIAD.

Ah ! Seigneur ! quel arrêt votre bouche prononce !

N'avez-vous pas du ciel entendu la réponse ?

Contemplez Moavie, et comptez ses exploits.

L'Égypte, dès long-temps, est soumise à ses lois.

Heureuse d'expier une erreur passagère,

La Mecque l'a nommé son sauveur et son père.

Ramenée au chemin de la fidélité,

Médine à le servir met sa félicité.

L'Euphrate, tout entier soumis à sa puissance,

Voit l'Jémen rentré sous son obéissance ;

Et la Syrie, enfin, fière de son héros,

Toujours fidèle, en paix, s'abandonne au repos.

Bassora, seule, encore entre vous deux balance ;

Mais, s'il a si long-temps suspendu sa vengeance,

Sa gloire est satisfaite et n'en murmure pas.

Un intérêt plus cher a retenu son bras ;

Et c'est cet intérêt, dont son ame s'honore,

Qui m'a, dans ces remparts, amené dès l'aurore,

Et me fait, en son nom, vous présenter la paix.

ALI.

Avec quelle fierté vous comptez ses succès !

Ainsi rien ne résiste à sa toute-puissance ?

Et moi même, aujourd'hui, ce n'est qu'à sa clémence,

Que je dois de pouvoir, les armes à la main,

Avec lui de la paix traiter en souverain ?...

Mieux que vous je saurai prendre soin de ma gloire.

Il ne m'a pas encore arraché la victoire.

Vous prétendez en vain que l'Jémen soumis

S'applaudit d'avoir vu succomber mes amis,

Quand l'Euphrate et le Nil coulent ses tributaires...

Eh! quand il serait vrai que des destins contraires

Eussent, en ces remparts, seul et dernier espoir,

Du chef des vrais croyans concentré le pouvoir,

Devrais-je à Moavie abandonner l'Empire ?

Mahomet, dont l'exemple et me guide et m'inspire,

Jamais dans ses revers a-t-il désespéré ?

Ah! sans doute, ce Dieu qui dispose à son gré

Du destin des combats et du sort des provinces,

Dont le bras seul élève ou renverse les princes,

Voudrait, par cette épreuve, aux yeux de l'univers,

Sanctifier mes droits méconnus des pervers.

Ma cause est juste. Dieu, par un nouveau miracle,

Frapperait l'Orient du plus pompeux spectacle;

Et Moavie, au fort de sa présomption,

Serait enfin puni de sa rébellion.

Quels sont ses défenseurs ? marche-t-il à la tête

Des nobles compagnons de notre saint Prophète ?

Tous proclament en moi le chef des Musulmans ;

Tous, vous seul excepté, combattent dans mes rangs.

Pour juger entre nous, en faut-il davantage ?

J'ai pour moi leurs vertus, ce bras et mon courage.

Tant que je suis debout, je ne suis point vaincu :

Mon rival n'a rien fait s'il ne m'a survécu.

C'en est assez. . . . Parlez : qu'avez-vous à me dire ?

Expliquez sans détours, quel motif vous attire.

ZIAD.

J'aime à vous voir ainsi compter sur vos travaux ;

Cette mâle assurance est celle des héros.

J'admire avec orgueil cette vertu guerrière

Qui vous rend de mon maître un si digne adversaire.

Puissé-je dès ce jour, par un heureux traité,

Faire cesser enfin votre rivalité !

Il ne tiendra qu'à vous, Seigneur, et j'ose croire

Que Moavie a su ménager votre gloire.

Je n'examine point ici quels sont ses droits.

Il règne, et l'Orient est soumis à ses lois.

Il se doit à lui-même, au peuple, à son armée,

Au sang des Ommiah, comme à sa renommée,

De conserver la place où l'a conduit le sort.

Cependant, à vos vœux, Seigneur, il peut encor

D'un rang digne de vous, présenter l'apanage.

Au-delà du Gihon, s'ouvre à votre courage,

La Perse qu'il vous offre, ainsi que ses soldats,

Pour répandre la foi dans ces vastes climats.

Ainsi de l'Alcoran s'étendra la puissance.

De son auteur divin telle fut l'espérance.

Allions-nous, Seigneur, pour de si grands desseins.

Trop long-temps l'islamisme a, de nos propres mains,

Vu nos dissensions déchirer ses entrailles.

Allons chercher au loin de plus nobles batailles,

Et portons la lumière et la loi du Seigneur

Aux peuples endormis dans la nuit de l'erreur.

A ce prix, je suis prêt, au nom de Moavie,

A signer le traité qui vous réconcilie,

Pourvu qu'au même instant, gages de cette paix,

Zobéide, Aïscha puissent, de ce palais,

Se rendre dans le camp où je dois les conduire.

A L I.

Est-ce à moi que l'on parle ! et qu'ose-t-on me dire ?
Est-il vrai ? quoi ! Ziad ! on s'est flatté qu'Ali,
Lui-même de ses droits consacrerait l'oubli !
Que le pouvoir du glaive entre nous deux prononce.
Allez à mon rival porter cette réponse ;
Allez : et dites-lui qu'il renonce à l'espoir
Qu'Aïscha soit jamais remise en son pouvoir.
Le plus saint des devoirs est de fuir les rebelles.
Lorsque les Musulmans à ma cause infidèles,
Abjurant leurs erreurs et leur défection,
Auront de ma clémence obtenu leur pardon,
Rendue avec éclat à la ville sacrée,
Disposant d'elle-même, et de tous honorée,
Aïscha reprendra, lumière de la foi,
Et son rang et le soin d'interpréter la loi.
Mais, quant à Zobéide, il faut que Moavie
Sache qu'il obtiendrait et mon sang et ma vie
Plutôt que cet objet qu'il me veut arracher.
Sortez, Ziad.

ZIAD.

Lui-même il viendra les chercher.

Frémissez des dangers que ce refus barbare

Accumule sur vous.

ALI.

Allez, je m'y prépare.

(Ziad sort.)

SCÈNE V.

AISCHA, ZOBÉIDE, ALI, JASSER, GARDES.

ALI.

Madame, à tant d'horreurs dont il est entouré

Pourquoi faut-il encor qu'Ali désespéré,

Joigne de vos refus la rigueur éternelle?

Au nom du ciel, cessez de vous montrer rebelle

Aux tendres vœux d'un cœur qui ne vit que pour vous.

Que je puisse, honoré du nom de votre époux,

N'être plus occupé que du soin de ma gloire.

Vous le savez: sans vous, l'Empire, la victoire

Brillent d'un faible éclat à mes yeux amoureux.

Zobéide, sans vous je ne puis être heureux.

Que ce jour mette un terme aux chagrins que j'endure...
Aïscha, protégez une flamme si pure ;
Que je vous doive un bien qui fait tout mon espoir.

ZOBÉIDE.

Renoncez-y, Seigneur. Fidèle à son devoir,
Ma main, d'un tel hymen doit repousser les chaînes.
Non : le sang d'Ommiah qui coule dans mes veines,
Avec le sang d'Ali ne se confondra pas.

ALI.

A vous, à mon amour qu'importent ces débats
Qui déjà si long-temps ont fait gémir la terre ?
Barbare ! faut-il donc qu'une éternelle guerre
Éteigne nos maisons, ou qu'un schisme odieux
Transmette tant de haine à nos derniers neveux ?

ZOBÉIDE.

Dieu, d'un si grand malheur sauvera ma patrie.
N'a-t-il pas suscité le bras de Moavie
Pour défendre sa loi, pour punir les méchans,
Pour rallier à lui tous les vrais Musulmans ?
Ce héros, de la foi défenseur légitime,
Retiendra les croyans sur le bord de l'abîme ;

Et ce schisme fatal dont vous m'épouvantez,

Ne sera point le fruit de vos rivalités.

Mais, quel que soit le sort que ce jour nous apprête,

Ou vainqueur, ou vaincu, la nièce du Prophète,

La fille d'Ommiah ne sera rien pour vous.

Jamais, jamais Ali ne sera mon époux.

ALI.

Vain serment! vain refus! j'ai trop long-temps, Madame,

Fait dépendre mon sort de l'orgueil d'une femme.

D'un cœur au désespoir craignez l'égarement.

Ce que n'a pu de vous obtenir un amant,

Un maître l'obtiendra de votre obéissance.

Oui: je triompherai de votre résistance.

Tout, ici, m'est soumis: cédez à votre tour;

Cédez; ou j'ose tout pour venger mon amour.

SCÈNE VI.

LES PRÉCÉDENS, ABBAS.

ABBAS.

Ali, souffre au divan que ma voix te rappelle.

Si l'on ne m'a pas fait un rapport infidèle,

Moavie a quitté son camp; et ses soldats
Ne savent en quels lieux il a porté ses pas.
Cependant, un bruit sourd, que je ne saurais croire,
Semblerait annoncer, qu'au péril de sa gloire,
Ce guerrier imprudent, seul, jusque dans nos murs,
Se serait introduit par des chemins obscurs.
Il espère, dit-on, te ravir Zobéide,
T'enlever Aïscha. L'esclave qui le guide
Connaît de Bassora tous les détours secrets;
Et, sûr de pénétrer jusque dans ce palais....

ALI.

Tant de témérité passe la vraisemblance.
Je ne puis à ces bruits donner ma confiance.
Cependant, à leur source il nous faut remonter;
Avec attention tout voir, tout écouter.
Je pourrai de son camp, croire que Moavie
S'est absenté. ... Le reste est une perfidie,
Un bruit qu'il a semé pour voiler ses desseins
Et fatiguer ici nos esprits incertains. ....
Comme sur Aïscha, veillez sur Zobéide,
Jasser: que cette garde auprès d'elles réside;

Allez : : . . . Toi, cher Abbas, viens aider ton ami
A tromper les projets d'un perfide ennemi.

(Il sort avec Abbas; Jasser et ses
Gardes accompagnent Aïscha
qui se retire , avec Zobéide ,
dans son appartement.)

FIN DU PREMIER ACTE.

ACTE II.

SCÈNE PREMIÈRE.

AISCHA, ZOBÉIDE, GARDES DANS L'ÉLOIGNEMENT.

ZOBÉIDE.

Dès mes plus jeunes ans, à souffrir condamnée,
J'ai subi, jusqu'ici, ma triste destinée,
Sans accuser le ciel, sans plaintes, sans regrets.
Aujourd'hui, malgré moi, dans ce triste palais,
Tout conspire à nourrir la terreur qui m'accable.
O vous, ma mère, ô vous, dont la voix secourable
Daigne encor soutenir mon courage expirant,
Que deviendrai-je, hélas! si je perds mon amant!

AISCHA.

Ma fille!... ce doux nom, si cher à ma tendresse,
Te dit à ta douleur combien je m'intéresse!...
Ma fille!... espère en Dieu. Dieu veillera sur lui.
Il ne laissera pas ce héros sans appui.

Il le protègera contre un rival farouche
Réprouvé par le peuple, et maudit par ma bouche.
Eh ! n'a-t-il pas prouvé que son bras protecteur
Le couvre de son ombre et s'arme en sa faveur ?
Quel était notre effroi ? de gardes entourée,
Aux soldats de Jasser en esclave livrée,
Je rentrais avec toi dans mon appartement :
Muettes de terreur, nous marchions en tremblant ;
Nos regards, parcourant ces vastes solitudes,
Disaient presque l'objet de nos inquiétudes....
Et déjà Moavie avait fui de ces lieux !

ZOBÉIDE.

Oui ; mais on vous a dit quels étaient ses adieux,
Prêt à fermer sur lui cette porte inconnue
Qui, naguère, l'avait offert à notre vue.
Votre esclave Eliah, dont le zèle discret,
Pour nous d'un Dieu propice est le plus grand bienfait,
Votre esclave a reçu sa dernière promesse.
Tout entier aux conseils d'une aveugle tendresse,
Il va venir, suivi de ses meilleurs soldats,
Une seconde fois porter ici ses pas.

S'il vient, il est perdu !... je frémis quand j'y pense !...

Il vous croit libre; il croit Ali sans défiance:

Peignez-vous, s'il se peut, ce terrible moment.

La terre ouvre son sein : le Kalife imprudent,

Qu'aveugle l'espérance et qu'égare sa joie,

En sort et de Jasser il est soudain la proie.

AISCHA.

Ma fille ! on nous observe ! ah ! cache tes terreurs.

ZOBÉIDE.

Sur votre sein, du moins, laissez couler mes pleurs...

Ah! le barbare Ali n'a pas, sur Zobéide,

Épuisé, je le sens, la fureur qui le guide.

Il me laisse Aïscha !... quel serait mon malheur,

Si je ne pouvais plus la presser sur mon cœur !

AISCHA.

Que tu sais bien payer mon amour maternelle !

SCÈNE II.

LES PRÉCÉDENS, ALI, *suivi de Gardes.*

ALI.

Abbas n'avait reçu qu'un rapport infidèle.

Trop prudent pour oser en courir les hasards,

Mon ennemi n'a point perdu dans ces remparts.

Mais, absent de son camp, j'espère avant l'aurore,

Connaître, comme lui, ses motifs que j'ignore.

Quel que soit le dessein qu'il prétend me cacher,

Ali n'attendra pas qu'on vienne le chercher.

Madame, cependant, je ne puis davantage,

D'un injuste dédain souffrir le long outrage.

D'un caprice insultant, soigneux de me venger,

J'ai préparé les nœuds qui vont nous engager.

ZOBÉIDE.

Que dites vous?

ALI.

Cédez à votre destinée.

On allume pour nous les flambeaux d'hyménée.

Lassé de vos dédains, vous ne me verrez plus

Tenter, pour vous toucher, des efforts superflus.

Ma fierté ne veut pas que de vous je dépende.

Je suppliais, tantôt; maintenant je commande.

L'autel est prêt: suivez un maître et votre époux.

Venez, madame.

ZOBÉIDE.

Non; aussi fière que vous,

Zobéide à vos vœux doit rester inflexible.

Rien ne peut me contraindre à cet hymen horrible.

La mort m'affranchira de vos lâches desseins,

Plutôt que de tels nœuds confondent nos destins.

AÏSCHA.

Penses-tu qu'Aïscha, complice d'un tel crime,

Te livrera, cruel! cette tendre victime?

M'oses-tu méconnaître? as-tu le fol espoir

Que je ne puisse, ici, balancer ton pouvoir?

Quels sont les Musulmans que ma voix gémissante

Ne fera point rougir de ta rage impuissante?

Crains Dieu: crains le Prophète et sa veuve en courroux.

ALI.

Madame, je le sais, oui, je ne dois qu'à vous

Les refus obstinés qu'on voudrait que j'endure.

C'est vous qui me vouez à cette horrible injure;

Qui, contre mon amour, révoltez tant d'appas,

Pour me fermer un cœur qui ne se connaît pas,

Et, sans vous, à mes vœux se montrerait docile.

Cessez donc d'égarer votre aveugle pupille,

Ou, de vous à l'instant séparée à jamais...

ZOBÉIDE.

Ah! ma mère!

AISCHA.

Tyran! viens combler tes forfaits.

Lâche! l'oseras-tu? bourreau de ta famille!

De ces bras maternels viens arracher ma fille;

Viens.

ALI.

C'en est trop! Soldats!

(Les soldats font un mouvement; l'arrivée
d'Abbas les fait rétrogader.)

SCÈNE III.

LES PRÉCÉDENTS, ABBAS.

ABBAS.

A quoi t'occupes-tu?

Ali, voici l'instant de montrer ta vertu.

Un cri séditieux vient de se faire entendre.

On menace ta vie; il s'agit de défendre,

Contre un parti rebelle, et ton trône et tes jours.

ALI.

Qu'espèrent ces mutins? et quels sont leurs discours?

ABBAS.

Ils rattachent au ciel leurs fureurs hypocrites.

Tels, aux murs de Coufa, jadis les Karégites,

Se couvrant du manteau de la religion,

Disaient servir l'état par leur rébellion.

Aux champs de Maharvan, ce parti fanatique,

Grâce à ta fermeté, grâce à ta politique,

Soumis presque en naissant parut s'anéantir;

Mais tu sus le dompter et non pas le punir.

Aujourd'hui ces mutins renaissent de leur cendre:

La palme des martyrs, si l'on veut les entendre,

Attend tout musulman qui frappera ton sein,

Ou qui de ton rival se rendra l'assassin.

« Ainsi doivent finir nos sanglantes querelles,

» Disent-ils : trop long-temps le troupeau des fidèles,

» Pour deux loups dévorants, deux tigres en fureur,

» S'entre-détruit lui-même et souhaite un vainqueur ! »

Ils ne distinguent point Ali de Moavie;

A la fois de tous deux ils menacent la vie;

Tous deux, enveloppés dans ces affreux projets,

Doivent être immolés à la publique paix.

ALI.

Voilà de ces complots le moteur sacrilége.

ABBAS.

Elle !

AISCHA.

Qui ? moi !

ALI.

L'intrigue est partout son cortége.

Je connais dès long-temps et son art et son cœur.

Quand elle était pour moi, quand j'avais sa faveur,

J'ai trop, pour me servir, soit amour, soit caprice,

Vu ce que lui coûtaient la ruse et l'artifice.

AISCHA.

A de pareils discours je ne répondrai pas.

Monstre ! la calomnie est l'arme des ingrats :

Je puis t'abandonner cette vile ressource.

ALI.

Moi, de vos trahisons je veux tarir la source.

Holà ! Gardes !... Jasser, répondez d'Aïscha.

Qu'on l'entraîne : sortez.

AISCHA.

Perfide !

ALI.

Et vous Talcha,
Veillez sur Zobéide; allez: qu'on les sépare.

ZOBÉIDE.

Non: jamais... Aïscha!...

AISCHA.

Qu'ordonnes-tu, barbare?
Au nom de Mahomet, soldats...

ALI.

Vous balancez!

ZOBÉIDE.

Ma mère!

AISCHA.

O désespoir!

ZOBÉIDE.

Je meurs!

ALI.

Obéissez.

(Zobéide évanouie est enlevée et conduite par Talcha dans l'appartement opposé à celui d'Aïscha. Aïscha est entraînée dans son appartement par les soldats de Jasser. Deux gardes demeurent placés à la porte de chaque appartement.)

SCÈNE IV.

ALI, ABBAS, GARDES.

ALI.

Je suis content!... le fiel de cette bouche impure
N'envenimera plus la funeste blessure
Dont un fatal amour a déchiré mon cœur!...
Zobéide, à l'abri d'un poison corrupteur....

ABBAS.

Je t'admire!.. est-ce Ali que je vois, que j'écoute?

ALI.

Pardonne, cher Abbas, tu t'étonnes. sans doute,
Des mouvements divers dont je suis agité?
Tu blâmes ma faiblesse et ma sévérité?
Et, des cris d'Aïscha, ta raison étonnée,
Désapprouve l'exil où je l'ai condamnée?

ABBAS.

Qu'importent d'une femme ou les cris ou les pleurs?
Veux-tu régner? renonce à tes folles ardeurs.
Croirais-tu mériter de porter la couronne
Si tu ne savais pas écarter de ton trône

Les lâches passions des vulgaires humains?

Songe quels intérêts sont remis en tes mains!

Sans faire avec l'amour un pénible divorce,

Dépouille ses plaisirs de leur trompeuse amorce.

Une femme te brave et refuse ton cœur?

Mille autres de ce don feront tout leur bonheur.

Abjure les écarts d'une ardeur passagère;

Oublions d'Aïscha l'impuissante colère;

Livrons ta Zobéide à son vain désespoir;

Mesurons tes dangers et fixons ton devoir.

ALI.

Les dangers ne sont rien quand mon devoir m'appelle;

Tu le sais: mais, Abbas, contre un parti rebelle,

Faut-il de tant de soins fatiguer nos esprits?

Me montrer doit suffire. A de tels ennemis

Dois-je faire l'honneur de craindre leur menace?

Marchons: que la terreur succède à leur audace.

Tu les verras bientôt, soumis ou dispersés,

S'effrayer du néant de leurs vœux insensés.

Et, tremblans à mes pieds, pour prix de ma clémence,

Livrer les plus mutins à ma juste vengeance.

ABBAS.

Ces mutins, quels sont-ils? tu ne les connais pas.
Ils montrent leurs poignards, mais ils cachent leurs bras.
Ce n'est point une troupe assemblée en tumulte,
Qui, t'offrant le combat, joint l'audace à l'insulte:
C'est un feu ténébreux, dont l'invisible horreur
Sous tes pas incertains creuse un gouffre trompeur;
Qui, jusqu'en ce palais et jusque sur ton trône,
Peut atteindre aujourd'hui tout ce qui t'environne;
T'entourer d'assassins, corrompre tes amis,
Me pervertir moi-même.

ALI.

O ciel! toi?

ABBAS.

Tu frémis?

Oui: tel est ton danger. Tel est le fanatisme
Qui change, au nom du ciel, le crime en héroïsme
Et fonde sur le meurtre et sur l'assassinat
La morale du peuple et la paix de l'état.

ALI.

A cet égarement, qu'opposer?

ABBAS.

La prudence;

L'oubli d'un vain amour dont ta gloire s'offense;
Surtout le soin pressant d'accabler ton rival,
Pour ôter aux mutins leur prétexte fatal.

ALI.

De ce rival lui-même ils menacent la vie,
Dis-tu?

ABBAS.

De ce complot avertis Moavie.

ALI.

Qu'il veille sur ses jours.

ABBAS.

Tu dois les protéger.

Ce n'est qu'au champ d'honneur qu'Ali doit se venger.
Malheur au souverain ennemi de lui-même
Qui, foulant à ses pieds les droits du diadême,
Et d'un roi, son égal, souffrant l'assassinat,
Placerait son espoir dans ce lâche attentat!

ALI.

Me soupçonnerais-tu?...

3..

ABBAS.

Non: je te rends justice,

`Ali: j'ai consacré mon bras à ton service,

Consultant mon estime encor plus que tes droits.

Mais, quand je considère et nos mœurs et nos lois,

Je crains pour l'Orient une longue tempête.

J'ai médité trente ans sur l'œuvre du Prophète;

Mon œil a mesuré ce pouvoir éclatant,

Ce trône audacieux qui touche au firmament,

Et j'ai vu que ses pieds reposaient sur le sable.

Il faut, pour l'affermir, pour le rendre durable,

Éteindre les flambeaux de la division.

Du pouvoir absolu naît la rébellion.

Vainqueur, occupe-toi du bonheur de ta race;

Limite ta puissance et les droits de ta place,

Et, par de sages lois, préserve tes neveux

D'être déshérités par un forfait heureux.

ALI.

Mon soin le plus pressant c'est de vaincre.

ABBAS.

Sans doute.

Hâte-toi. Règne ou meurs. Songes-y bien. Écoute:

Sur toi le fanatisme a levé son poignard;
Sa criminelle main t'atteindra tôt ou tard,
S'il ne voit pas bientôt terminer cette guerre.
Oui: ton salut dépend du repos de la terre.
Que demain Moavie, immolé par ton bras,
Te laisse, sans rivaux, gouverner tes états,
Demain des factieux cesse le vœu farouche.
Règne seul : le murmure expire dans leur bouche.

ALI.

Eh bien! allons chercher ce rival odieux.
Je vais montrer leur maître à d'obscurs factieux,
Parcourir Bassora, visiter nos murailles;
Et demain, protégé par le Dieu des batailles,
J'irai justifier, au milieu des combats,
La faveur du Prophète et l'estime d'Abbas.

SCÈNE V.

LES PRÉCÉDENS, OULOUK.

OULOUK.

Seigneur, en cet instant, une garde avancée
Au-delà de nos murs par votre ordre placée,

Vient de nous amener un captif désarmé.

ALI.

Quel est-il ?

OULOUK.

Je l'ignore : il ne s'est pas nommé.
Suivi d'un seul esclave, il n'avait pour défense
Que son bras. Il s'obstine à garder le silence;
Mais, à sa riche armure, à son regard altier,
On devine à quel rang appartient ce guerrier.
Quand vous l'ordonnerez, si vous daignez l'entendre,
Seigneur....

ALI.

A mon retour, qu'il vienne ici m'attendre.
Allez.

(Oulouk sort.)

De mes desseins je vais suivre le cours,
Viens, Abbas, préparer le plus beau de mes jours.

ABBAS.

Je vais te suivre, Ali.

(Ali sort suivi de ses gardes.)

SCÈNE VI.

ABBAS, TALCHA, et JASSER, dans l'éloignement avec quelques-uns des leurs.

ABBAS.

Quelle est donc cette trame
Que, du fond d'un sérail, conduirait une femme?...
Quoi! de ces murs épais la triste obscurité?...
Dans cette nuit d'horreur jetons quelque clarté...
Jasser!... de mes désirs devenez l'interprète
Et courez avertir la veuve du Prophète
Qu'Abbas, jaloux encor de paraître à ses yeux,
Ose la supplier de se rendre en ces lieux.
Obtenez qu'elle daigne accueillir ma prière,
Et de notre entretien protégez le mystère,
(Jasser entre chez Aïscha.)
Le croirai-je? eh! faut-il que la religion
Devienne ainsi l'appui de la rébellion!...
Non: le crime souvent, dans cette source pure,
Sait tremper le poignard dont s'arme l'imposture;

Mais son zèle hypocrite est un faible moyen
Qui ne saurait tromper un œil tel que le mien.
Écoutons Aïscha, descendons dans son ame...
Elle vient... Dieu ! qui vois le zèle qui m'enflâme,
Quand je vais de son cœur pénétrer les replis,
D'un doute injurieux préserve mes esprits.

SCÈNE VII.

ABBAS, AISCHA, TALCHA, JASSER, GARDES.

ABBAS.

Madame, permettez à ma reconnaissance...

AISCHA.

Vous avez, m'a-t-on dit, désiré ma présence.
Quels motifs, quel espoir vous engagent, seigneur,
A venir m'arracher de mon lit de douleur ?

ABBAS.

Hélas ! à vos chagrins j'ai compâti, princesse ;
Je conçois vos douleurs ; je plains votre tristesse ;
Mais des malheurs publics, dont nous sommes témoins,
Mon cœur épouvanté ne s'afflige pas moins.

Je viens vous en parler. Pardonnez aux alarmes

Qui me font un instant interrompre vos larmes.

Votre gloire offensée appelle mon secours,

Et je dois vous l'offrir.

AISCHA.

Seigneur !

ABBAS.

De quels détours

De lâches artisans, de complots parricides

Savent envelopper leurs haines homicides !

AISCHA.

Expliquez-vous. . . .

ABBAS.

Tantôt, de quelques factieux

Ici j'ai dévoilé les projets odieux.

AISCHA.

Eh bien ! Abbas ? . . . .

ABBAS.

Eh bien ! on ajoute, Madame,

Que votre nom se mêle à cette affreuse trame.

Sont-ils des inspirés ? sont-ils des imposteurs,

Ceux qu'on voit d'un tel nom colorer leurs fureurs ?

Est-ce vous, sage Abbas, qui me faites l'injure
De répéter d'Ali l'outrageante imposture ?
Est-ce vous, dont la bouche ose m'interroger,
Sur un complot qui met Moavie en danger ?
Je le dois avouer, cette secte rebelle
A, jadis, essayé de m'entraîner vers elle.
Long-temps avant qu'Ali ne m'eut donné de fers,
Quand, dans la ville sainte, aux yeux de l'univers,
De l'œuvre du Très-Haut glorieuse interprète,
J'expliquais aux croyans la loi du saint Prophète,
J'ai vu d'un zèle impie éclater les erreurs,
Et mon nom profané par de vils imposteurs.
Mais, vous, qui connaissez avec quelle tendresse
Ma main, de Moavie a guidé la jeunesse;
Vous qui savez combien cet enfant d'Ommiah
Mérita tant de soins et chérit Aïscha;
Dans ces cris meurtriers d'un zèle sanguinaire,
Pouvez-vous bien chercher les accens d'une mère ?

ABBAS.

Ces cris, d'un tel prétexte ont su s'envelopper
Que, moi-même, Madame, ils pouvaient me tromper.

J'ai vu, plus d'une fois, l'amour de la patrie,
Dans des cœurs aveuglés se changer en furie ;
Et lorsque le projet d'un double assassinat
S'appuie, à haute voix, sur le bien de l'état,
Instruit par le passé, vieilli dans nos orages,
Je serais peu surpris de trouver les plus sages,
S'ils refusaient leurs bras à ce complot affreux,
Disposés à l'absoudre, à l'aider de leurs vœux.
Cependant, je l'avoue, et vous devez m'en croire,
Le respect, dans mon cœur, a sauvé votre gloire ;
Et je m'estime heureux, en cette extrémité,
De me trouver d'accord avec la vérité.

AISCHA.

Qui ? moi ! Seigneur ! qui ? moi ! lever sur Moavie
Un poignard meurtrier ! moi ! menacer sa vie !
Eh ! n'est-il pas l'espoir de tous les vrais croyans ?

ABBAS.

Madame, Ali, leur maître, a reçu leurs sermens.
Lorsqu'il ceignit son front du sacré diadème,
Son rival n'était rien : reconnaissez vous-même,
Des droits que, la première, on vous vit proclamer.

AISCHA.

Ils sont détruits,

ABDAS.

Pour lui j'ose les réclamer.

Ce bras. . . .

AISCHA.

A vos vertus je rends un juste hommage;
Tant de fidélité m'en est un nouveau gage :
Mais, Seigneur, rappelez par quels lâches excès,
Ali marqua son règne et paya mes bienfaits.
Faible jouet des vœux d'une troupe insensée,
D'une cour corrompue et de gloire lassée,
Esclave d'un conseil sans force et sans desseins,
A-t-il su retenir dans ses débiles mains,
Du suprême pouvoir les rênes tutélaires ?
Non : chaque jour, des lois, l'une à l'autre contraires,
L'effroi du citoyen, l'espoir du factieux,
Courbaient tout l'Orient sous un joug odieux.
Au nom du bien public, le meurtre, le pillage,
De ce règne impuissant faisaient un long orage,
Où, sous un ciel de feu, le vice triomphant
Marchait le front levé, libre, heureux et puissant;

Bientôt, de toutes parts, dans nos champs, dans nos villes,
Éclata le signal des discordes civiles :
Aux cris d'un peuple entier lassé de tant d'horreur,
Répondirent des cris de rage et de terreur.
C'en était fait, déjà, méditant sa conquête,
L'étranger menaçait l'Empire du Prophête ;
Et le trône et l'autel, et le peuple et l'état,
L'un par l'autre détruits, tombaient avec éclat....
Un héros, suscité par la bonté céleste,
Lève son bras vengeur... Vous dirai-je le reste ?
Vous peindrai-je ces jours d'ivresse et de bonheur,
Où tous les Musulmans, à leur libérateur,
D'une commune voix décernant la couronne,
De la race d'Ali renversèrent le trône ?
Jamais dans nos climats un calme glorieux
A-t-il marqué le cours d'un règne plus heureux ?
Jamais l'auguste chef d'une nouvelle race,
Ceint du bandeau sacré, mérita-t-il sa place
Autant que ce héros vainqueur de tant de rois,
Qui sur l'amour du peuple a su fonder ses droits ?

ABBAS.

Souffrez aux droits d'Ali que je reste fidèle.

J'estime Moavie et respecte le zèle

Qui vous fait, de ce prince, ouvrage de vos mains,

Avec tant de chaleur devancer les destins.

· Mais attendons, sur lui que le ciel se prononce,

Je vais rejoindre Ali : c'est ma seule réponse.

AISCHA.

Adieu, Seigneur.

ABBAS.

Demain, peut-être dès ce soir,

La guerre aura fixé nos vœux et notre espoir.

(Abbas sort ; Aïscha rentre dans son appartement.)

FIN DU SECOND ACTE.

ACTE III.

SCÈNE PREMIÈRE.

ALI, ABBAS, GARDES.

ALI.

Oui: Bassora soumis, tranquille, exempt d'alarmes,
Semble s'associer au succès de mes armes,
Tu l'as vu, cher Abbas; partout où j'ai paru,
Au-devant de mes pas tout un peuple accouru
A fait retentir l'air de ses cris d'allégresse.
Mes soldats, animés de la plus noble ivresse,
Dévouant à ma cause et leurs cœurs et leurs bras,
Impatiens de vaincre, appellent les combats.

ABBAS.

De ces transports bruyans le volage caprice
De fleurs couvre, peut-être, un affreux précipice.
Au milieu de ce peuple avide de te voir,
N'a-t-on pas entendu quel criminel espoir

Osaient manifester quelques bouches impures ?

ALI.

Ces traîtres sont aux fers : que d'horribles tortures
En obtiennent l'aveu de leurs complots obscurs.
Que tous les factieux que recèlent ces murs,
Désignés à mes coups par leurs propres complices,
Effroi de leurs pareils, meurent dans les supplices.

ABBAS.

Étouffe dans le sang de sinistres projets :
Tu le dois. Mais, toi-même, au sein de ce palais,
Esclave d'une femme et trahissant le zèle
De tes nombreux amis armés pour ta querelle,
Veux-tu, de Mahomet indigne successeur,
T'endormir sur le trône et régner sans honneur ?
De ce trône ébranlé qu'un rival te dispute
Est-ce à toi de hâter l'épouvantable chute ?

ALI.

Qu'oses-tu dire, ami ?

ABBAS.

La dure vérité.
Pardonne à ma rudesse, à ma sincérité.

Mais quel est cet hymen qu'en ces lieux on prépare?

Quels momens choisis-tu? quelle ivresse t'égare?

Regarde autour de toi; la guerre et ses fureurs

De leurs attraits cruels enivrent tous les cœurs.

Vois l'ange de la mort planer sur ces murailles.

Ici, tous tes soldats respirant les batailles;

Là, la rébellion appelant tes bourreaux.

Oses-tu de l'hymen allumer les flambeaux,

Lorsque des flots de sang vont baigner ce rivage?

Te verra-t-on mêler aux horreurs du carnage

Des fêtes de l'amour l'appareil insultant?

Ali, reviens à toi. Tu n'as plus qu'un instant.

De ce lâche dessein détourne ta pensée

Et suspends ces apprêts dont ma vue est blessée.

ALI.

Je ne me plaindrai pas de ta sévérité,

Cher Abbas. Je n'y vois que ta fidélité,

Qu'un zèle, dont l'excès me touche et doit me plaire.

Cesse de m'accuser et calme ta colère.

Ces fêtes, cet hymen, dont tu vois les apprêts,

Pompe vaine, bornée aux murs de ce palais,

4

Ne sauraient dérober un instant à ma gloire.

Tout est prêt : dès ce soir je marche à la victoire.

Toi, cependant, ami, des plus vils des humains

Pénètre, s'il se peut, les complots assassins :

Va ; cours : qu'aucun n'échappe à ma juste vengeance.

Ali te rejoindra quand l'ombre et le silence

Auront marqué l'instant d'aller, à mon rival,

Les armes à la main porter le coup fatal.

ABBAS.

Dans tes projets d'hymen, ainsi tu persévères ?

ALI.

Je l'ai dit.

ABBAS.

Tant de soins l'un à l'autre contraires....

ALI.

Laisse là tes conseils, ils seraient superflus.

ABBAS.

Imprudent !

ALI.

Obéis et ne balance plus.

Tu sais quels intérêts j'ai commis à ton zèle ;

Sois docile sujet, autant qu'ami fidèle.

Va.

ABBAS.

Tu le veux ?

ALI.

Va.

ABBAS.

Puisse un faux pressentiment
Me tromper sur l'effet de cet égarement !
Adieu.

(*Il sort.*)

SCÈNE II.

ALI, GARDES.

ALI.

Jusques à quand faudra-t-il me contraindre ?
Incommodes censeurs, toujours prêts à vous plaindre !
Me faudra-t-il long-temps endurer la hauteur
Dont, sous un voile ami, vous révoltez mon cœur ?
Eh ! qu'importe, après tout, que mon amour décide
Quelques instans plus tôt du sort de Zobéide ?
Mes droits, par cet hymen, sont-ils donc affaiblis ?
Loin d'y voir ma fortune et mes devoirs trahis,

4..

L'intérêt de l'état m'y découvre, au contraire,
Un lien politique, une union prospère
Dont, libre, exempt des feux dont je suis dévoré,
J'aurais dû, dès long-temps, serrer le nœud sacré.

SCÈNE III.

ALI, OULOUK, MOAVIE, GARDES.

OULOUK.

Seigneur, d'après votre ordre, en ces lieux on amène
Ce guerrier inconnu, votre captif.

ALI.

Qu'il vienne.

OULOUK.

Le voici.

ALI.

Qu'il approche.... Éloignez-vous, soldats....
Imprudent! quels desseins ont égaré tes pas?
Seul, si près de ces murs soumis à ma puissance,
Qu'y venais-tu chercher? quelle vaine espérance
T'a fait ainsi braver ou les fers ou la mort!
Quel est ton nom? ton rang? et par quel coup du sort,

Comme un soldat obscur prodigue de ta vie,
Prisonnier, sans combat....

MOAVIE.

Reconnais Moavie.

ALI.

Que vois-je! ô Mahomet! ce sont là de tes coups!...
Te voilà donc en proie à mon juste courroux,
Traître! il est donc venu le jour de ma vengeance!
Enfin, tes attentats auront leur récompense!
D'une mort lente et sûre, au milieu des tourmens,
Épuise les rigueurs, sous mes yeux.

MOAVIE.

Je l'attends.

Que tardes-tu? crois-moi: cesse de vains reproches.
Penses-tu de la mort que je crains les approches?
Que tardes-tu, te dis-je? à ton bras assassin
Lorsqu'ici, sans pâlir, je présente mon sein,
Assouvis tes fureurs et frappe ta victime.
Pourrais-tu reculer devant ce nouveau crime?
Couvert du sang d'Othman, souviens-toi que mon bras
A voulu te punir et venger son trépas.

ALI.

C'est à tort que ta bouche ouverte à l'imposture
Prétend.....

MOAVIE.

Ali croit-il que c'est lui faire injure?
Tout l'Orient t'accuse et déteste avec moi
Ce forfait odieux qu'il n'impute qu'à toi.
Ose appeler ici la veuve du Prophète.
Vers moi la mort s'avance et plane sur ma tête;
Je le sais: mais, avant d'en donner le signal,
Ose, aux yeux d'Aïscha, confondre ton rival.
Contre moi, devant elle, et contre mon armée,
Si tu crois le pouvoir, défends ta renommée.

ALI.

A d'injustes soupçons j'oppose mes dédains.
Je laisse leurs erreurs aux aveugles humains,
Et ne crois pas qu'il faille, aux jaloux de ma gloire,
Par des soins aussi vains, disputer la victoire.
On me blâme, on m'accuse? eh! que m'importe, à moi,
Lorsque tout m'obéit et me respecte en roi? ....
Mais tes yeux, d'Aïscha désirent la présence! ....
Je la souhaite aussi....

(*Il ordonne à ses gardes d'appeler Aïscha.*)

Je sens que ma vengeance
En deviendra plus douce, et je bénis le sort
Qui permet qu'à ses yeux tu reçoives la mort.

MOAVIE.

Tu te flattes en vain de lasser mon courage.
Mais faut-il qu'une femme éprouve aussi ta rage ?
Et quelle femme encor ! l'honneur des Musulmans !
Le flambeau de la foi ! l'amour des vrais croyans !
N'est-il rien de sacré pour ta main parricide ?
Barbare ! quelle est donc la fureur qui te guide ?
Et ne rougis-tu pas, dans ta férocité,
D'unir l'ingratitude à tant d'impiété ?

ALI.

Oui, je suis un ingrat ! oui, je suis un impie !
Sous les yeux d'Aïscha j'immole Moavie !....
Je le dois ; et je vais , au gré de mes fureurs ,
Ainsi que dans ton sang me baigner dans ses pleurs.

SCÈNE IV.

LES PRÉCÉDENS, AISCHA, JASSER a la tête

DE SA TROUPE.

MOAVIE.

Aïscha !

AISCHA.

Malheureuse ! ô jour d'ignominie !

MOAVIE.

Cachez-moi vos douleurs.

AISCHA.

Imprudent Moavie !

J'avais trop pressenti ton funeste destin !

Tremblante pour tes jours, je n'ai pu, ce matin,

Te voir qu'en frémissant dans ce palais funeste !

ALI.

Que dites-vous, Madame ?

AISCHA.

O toi que je déteste !

Monstre ! enorgueillis-toi de ton succès fatal !

Il t'en a peu coûté pour vaincre un tel rival

Qui, trahi par son cœur, trompé par son courage,
Est, lui-même, venu se livrer à ta rage.

ALI.

Expliquez-vous : comment ? en ces lieux introduit,
Le perfide ? . . . .

MOAVIE.

Tu sais comme j'y fus conduit ;
De quoi t'étonnes-tu ?

AISCHA.

Quoi ! Seigneur ? . . . :

MOAVIE.

Dans votre ame,
Un noir pressentiment a, sans doute, Madame,
Fait naître ces terreurs que mon funeste sort
Se plaît à confirmer.

AISCHA.

Oui : J'ai rêvé ta mort.
Je t'ai vu ce matin dans ces murs sanguinaires.
Un songe affreux... veillé-je ?.. effroyables chimères !
Illusions des sens ! fantômes du sommeil !
M'obsédez-vous encore, et dois-je à mon réveil,

Voir cesser le tourment d'un horrible mensonge?

A L I.

Non. Je tiens Moavie et ce n'est point un songe.
Ouvrez les yeux, Madame; il est en mon pouvoir.
Contemplez ce rebelle en proie au désespoir.
Au-devant de mes coups, c'est le ciel qui l'envoie;
Mesurez mon bonheur à l'excès de ma joie.

SCÈNE V.

LES PRÉCÉDENS, ABBAS.

A B B A S.

Ali, qu'ai-je entendu?... dois-je en croire mes yeux?...
Se peut-il?...

A L I.

Tu le vois.

A B B A S.

Moavie en ces lieux!

M O A V I E.

Lui-même. Son malheur a droit de vous surprendre,
Abbas.

A B B A S.

Je l'avoûrai : je ne puis le comprendre,

Seigneur : mais, lorsqu'un prince a, d'un si grand revers,
Pu courir les hasards, il mérite des fers.

ALI.

Des fers ! suffiraient-ils à ma juste veangeance ?

ABBAS.

Quel est l'arrêt d'Ali ?

ALI.

La mort.

ABBAS.

A la clémence
Quand tu fermes ton cœur, je sens que tu le dois.
Accomplis ton dessein. Tel est le sort des rois !
Plus ils sont élevés au-dessus du vulgaire,
Plus leur chute est terrible et doit être exemplaire.

MOAVIE.

Oui, malheur aux vaincus !... Je sais trop que le sort
Fonde tous ses arrêts sur le droit du plus fort.
Je sais aussi, d'Ali ce que l'on doit attendre.
Altéré de mon sang, qu'il brûle de répandre,
Il peut s'en abreuver : mais il se flatte en vain
D'usurper par ma mort le pouvoir souverain.

Il est, encore, il est, gages de sa défaite,

De nobles rejetons de notre saint Prophète,

Qui de venger Othman se montreront jaloux.

Ma mort même, ajoutant à leur juste courroux,

Ma mort (et cet espoir suffit à mon courage)

Fera grossir encor ce redoutable orage

Qui déjà gronde au loin contre un vil assassin.

Tyran ! il en est temps : frappe: voilà mon sein.

Du tourment de te voir que ta main me délivre,

Appelle tes bourreaux: Je suis prêt à les suivre.

ABBAS.

Souffrez, Seigneur, souffrez qu'en ce moment d'horreur,

D'Ali calomnié je sois le défenseur.

Un bruit injurieux ennemi de sa gloire

S'acharna, trop long-temps, à flétrir sa mémoire.

Aïscha, le Kalife expira dans vos bras ;

Et, s'il vous en souvient, au jour de son trépas,

C'est vous, surtout d'Ali qui prîtes la défense.

Moi-même, je vous vis, d'un soupçon qui l'offense,

Attester l'injustice, et du plus grand forfait

L'absoudre à tous les yeux au nom de Mahomet.

ALI.

De nouveaux intérêts ont changé son langage.

Alors la vérité méritait son suffrage ;

Aujourd'hui le mensonge...

AISCHA.

Est ta ressource, ingrat!

Tu te défends en vain d'un si noir attentat.

Ma bouche t'en accuse.

ABBAS.

Oubliez-vous, Madame,

Qu'à moi-même, jadis ? ....

AISCHA.

De cette horrible trame

Je n'avais point alors démêlé la noirceur.

ALI.

Dédaignons, cher Abbas, ce discours imposteur.

ABBAS.

Non : ton honneur blessé t'ordonne d'y répondre.

ALI.

Combien de fois encor faudra-t-il la confondre ?

Eh! pourquoi m'imposer un si pénible soin ?

De ce jour de fureur ne fus-tu pas témoin ?

Si, lorsqu'il vînt ce jour réservé pour le crime,

Othman se réveilla sur le bord d'un abîme;

S'il y tomba bientôt percé de mille coups,

Ce forfait, fruit sanglant d'un aveugle courroux,

Haute leçon des rois, du peuple fut l'ouvrage.

Pour me justifier en faut-il davantage?

AISCHA.

Efforts infructueux! hypocrites discours!

J'ai dit quel fut ton crime, et le dirai toujours.

Je t'ai maudit cent fois; je te maudis encore...

Je lis dans tes regards quel remords te dévore;

Tu ne peux t'en cacher; ta rougeur te trahit.

Ainsi la main de Dieu sur toi s'appesantit.

Dans ton infâme cœur ton supplice commence.

Tremble: déjà le ciel t'annonce sa vengeance.

ALI.

L'instant en est venu... Gardes!

ABBAS.

(A part à Ali, dont il saisit le bras.)

S'il faut du sang,

En frappant ton rival, fais respecter son rang.

ALI.

(Manifestant à part son impatience de l'importunité d'Abbas.)

J'y songe.

ABBAS.

(Lui serrant le bras qu'il abandonne ensuite.)

Tu le dois.

ALI.

(Se possédant à peine, et après réflexion faite, s'adressant aux gardes.)

Surveillez Moavie...

Quelques instans encor je lui laisse la vie.

Sa mort serait trop douce; il la faut préparer.

MOAVIE.

Connais-tu des tourmens qu'on ne puisse endurer?

Ordonne-les et viens rougir de ma constance.

ALI.

Aïscha, que vos pleurs commencent ma vengeance.

Allez; c'est près de vous qu'on viendra le chercher:

Les Bourreaux, de vos bras le viendront arracher.

(Sur un signal d'Ali, Jasser emmène Aïscha et Moavie.)

SCÈNE VI.

ALI, ABBAS, GARDES.

ALI.

Quel jour heureux pour moi ! comme ici tout conspire
A ramener le calme au sein de mon empire !
Le ciel, en me comblant ainsi de ses faveurs,
Confond à tous les yeux mes vils accusateurs.

ABBAS, *d'un ton concentré*.

Oui. Le succès toujours en impose au vulgaire.

ALI.

Le mien n'est plus douteux ; et le moment prospère
Qui verra Moavie immolé par mes mains
De l'Orient soumis fixera les destins.

ABBAS.

Tu dois mettre à profit ta facile victoire,
Je le dois avouer. Mais, Ali, pour ta gloire,
Il eût bien mieux valu qu'au milieu des combats
Moavie eût péri sous l'effort de ton bras.
Le sort te l'a livré ; sa perte est son ouvrage ;
Ainsi tu lui dois tout et rien à ton courage.

Punis-le de sa faute; il le faut; j'y consens ;

Qu'il meure: mais en roi, mais libre des tourmens

Dont ta bouche tantôt a menacé sa tête.

Sa mort, de l'Orient calmera la tempête;

Tu la dois à ton rang, tu la dois à l'État.

Mais si je ne devais te parler qu'en soldat...

ALI.

Eh! ne puis-je accorder ma gloire et ma vengeance ?

Le champ d'honneur encore appelle ma vaillance.

Que mes vains ennemis me retrouvent partout.

Moavie est aux fers, mais son camp est debout.

Marchons et dispersons un ramas de rebelles.

Dans leur coupable sang étouffons nos querelles.

ABBAS.

J'y suis prêt, s'il le faut. Mais ce sont tes sujets.

Privés d'un chef, peut-être ils désirent la paix.

Avant de les combattre en monarque sévère,

Tente leur repentir en te montrant leur père.

ALI.

J'y consens.

5

ABBAS.

Offre-leur un pardon généreux.

ALI.

Oui ; daignons recourir à ce moyen douteux :
Viens. Mais si leur refus repousse ma clémence,
Qu'il ne soit pas de borne à ma juste vengeance.
Soyons prêts à les vaincre, et d'un camp odieux,
Que l'aspect, dès demain, n'offense plus mes yeux.

(*Il sort, suivi d'Abbas.*)

FIN DU TROISIÈME ACTE.

ACTE IV.

———

SCÈNE PREMIÈRE.

ALI, TALCHA, GARDES.

ALI.

Sur vos pas, Zobéide en ces lieux peut se rendre.
Elle veut me parler? je viens ici l'attendre.
Allez:

(*Talcha entre chez Zobéide.*)

SCÈNE II.

ALI, GARDES.

ALI.

Cruel objet d'un indomptable amour!
Toi, dont la rigueur seule empoisonne en ce jour,
Tant de biens, que le sort, soigneux de ma vengeance,
Accumule sur moi contre toute espérance !

5..

Que viens-tu m'annoncer et quels sont tes desseins ?
Me faudra-t-il encore, objet de tes dédains,
Te contraindre à subir le joug de ma tendresse?...
Elle vient... je renais à toute ma faiblesse.
Que va-t-elle me dire et quel trouble soudain
Quel désordre, à sa vue, ont passé dans mon sein !

SCÈNE III.

ALI, ZOBÉIDE, TALCHA, GARDES.

ALI.

Madame, à vos désirs empressé de me rendre,
Heureux de vous revoir, heureux de vous entendre,
J'accours auprès de vous, par vous-même appelé,
Prêt à vous obéir quand vous aurez parlé.
Qu'ordonnez-vous ?

ZOBÉIDE.

Seigneur, dois-je, dans ce langage
D'un sort moins rigoureux entrevoir le présage?
Quel Dieu, de votre cœur a fléchi le courroux ?
Puis-je espérer enfin?...

ALI.

Cruelle! ignorez-vous

Jusqu'où va sur mon cœur le pouvoir de vos charmes?
L'amour....

ZOBÉIDE.

Hélas! l'amour se nourrit-il de larmes?

A de nouveaux tourmens faut-il me préparer?
Ce n'est point votre amour que je viens implorer.
Cachez, plutôt, cachez à ma triste pensée
Cette fatale erreur de votre ame abusée.
N'attisez plus un feu qui fait tout mon malheur.
A la seule pitié livrez votre grand cœur.
Vous me voyez, Seigneur, en proie à la tristesse;
Malgré moi je vous viens avouer ma faiblesse.
Le cruel abandon où vous me condamnez
Verra bientôt finir mes jours infortunés,
Si vous ne révoquez cet arrêt qui m'accable.
Daignez, daignez me tendre une main secourable.
Je n'en puis plus long-temps supporter la rigueur:
Rendez-moi, d'Aïscha l'appui consolateur.

ALI.

Madame!

ZOBÉIDE.

Laissez-moi, dans le sein d'une mère,
Épancher mes douleurs et pleurer ma misère.

ALI.

Oubliez-les plutôt dans le sein d'un époux.
Vous cherchez le bonheur? il se présente à vous !
Comblez mes vœux, Madame, un sort digne d'envie,
Va signaler le cours de la plus belle vie.

ZOBÉIDE.

Vous faut-il donc, Seigneur, expliquer mes refus?...
N'espérez rien d'un cœur qui ne s'appartient plus.

ALI.

Qu'entends-je ?

ZOBÉIDE.

Un tel aveu puisse-t-il dans votre ame,
Éteindre désormais une inutile flâme !

ALI.

O désespoir !

ZOBÉIDE.

Un autre a reçu mes sermens.

ALI.

Quel est-il ?

ZOBÉIDE.

De l'aveu de mes nobles parens,

Cet innocent amour sous leurs yeux prit naissance.

Il fut toute leur joie aux jours de mon enfance.

Je n'en puis dire plus : mais vous pouvez juger

S'il est un autre nœud qui me puisse engager.

ALI.

Il en est : oui, Madame; et ce cruel outrage,

En redoublant mes feux, a réveillé ma rage.

La soif de la vengeance a passé dans mon cœur.

Vous me cachez en vain le nom de mon vainqueur;

Tôt ou tard je saurai pénétrer ce mystère.

Tremblez : vous allez voir de ma juste colère

Où peuvent se porter les terribles effets.

Qu'à l'instant Moavie, expiant ses forfaits,

Du sort de mon rival vous offre le présage.

Qu'il meure ! les bourreaux l'attendent au passage.

Gardes !

ZOBÉIDE.

Eh quoi ! Seigneur ! ce prince malheureux?...

ALI.

Il est en mon pouvoir : il mourra sous vos yeux.

ZOBÉIDE.

Où suis-je? O jour horrible! ô destin déplorable!
Je me meurs!

ALI, *la soutenant.*

Serez-vous la seule impitoyable?
Et, de la même main qui déchire mon cœur,
Vous flattez-vous?...

ZOBÉIDE.

Et toi, barbare! quelle erreur
Te dit que d'Ommiah la malheureuse fille
Pourra te voir couvert du sang de sa famille,
Pardonner à ton crime et passer dans tes bras,
Complice de ta haine et de tes attentats?
J'aurais vu sous tes coups succomber Moavie....

ALI.

Nommez-moi mon rival; je lui donne la vie.
Pour calmer les fureurs de son amour trahi,
Il faut du sang, Madame, à l'inflexible Ali.
Je puis me contenter d'une seule victime;
Désignez-la vous-même, au courroux qui m'anime,
Ou les coups que mon bras à l'instant va frapper,
Sans sauver un rival, qui ne peut m'échapper,

Puniront vos refus et seront votre ouvrage.

Songez-y : nommez-moi ce rival qui m'outrage.

De Moavie, enfin, je vous livre le sort.

Hâtez-vous ; prononcez ou sa grâce ou sa mort.

ZOBÉIDE.

Quelle horreur m'environne ! à tant de barbarie

Je sens que je succombe.

ALI, *à ses gardes.*

Allez : que Moavie

Soit conduit en ces lieux.... Madame, il va venir :

Vous-même, ordonnez-lui de vivre ou de mourir.

ZOBÉIDE.

Cruel !

ALI.

Que son arrêt sorte de votre bouche.

ZOBÉIDE.

Je frémis !

ALI.

Si, pour lui, quelque intérêt vous touche...

SCÈNE IV.

ZOBÉIDE, ALI, MOAVIE, GARDES.

ZOBÉIDE.

Je le vois !... Dieu ! soutiens mon courage abattu !

MOAVIE.

Zobéide ! ô douleur ! ... Tyran, que me veux-tu ?

ALI.

Te sauver, te montrer un prince magnanime ,
Étouffant contre toi son courroux légitime.

MOAVIE.

Va : contre tes fureurs mon cœur est affermi.
Assouvis-les : crois-moi; frappe ton ennemi.
J'aurais trop à rougir de te devoir la vie.
Soumis à mon destin, je te la sacrifie.
Je ne demande point à quel prix tu consens
A détourner de moi le trépas que j'attends ;
Il est digne de toi, sans doute, et mon supplice
Excite mes dédains moins que ce vain caprice.

ALI.

Cette fausse fierté ne saurait m'émouvoir ;
Songe qu'ici le sort t'a mis en mon pouvoir ;

Que seul, te retenant sur la tombe entr'ouverte,

Je puis faire, d'un mot, ton salut ou ta perte.

Mais un autre intérêt combat en ta faveur :

Une haine plus forte arrête ma fureur :

Tu vivras, si tel est le vœu de Zobéide.

MOAVIE.

Comment ?

ALI.

A tes destins elle seule préside.

Parlez, Madame.

ZOBÉIDE.

O ciel !

ALI.

Nommez-moi mon rival.

Songez à profiter de ce moment fatal.

Mon amour offensé ne veut plus de mystère.

Nommez à ma fureur ce mortel téméraire.

Les bourreaux sont armés; ils comptent les instans;

Hâtez-vous: dans une heure il ne sera plus tems.

ZOBÉIDE.

Où me cacher ?

MOAVIE.

Eh! quoi! c'est donc là ta clémence!
C'est là le prix qu'Ali met à ma délivrance!
Lâche! au cœur d'une femme épargne ces combats;
N'interroge que moi.

ZOBÉIDE.

Non, ne l'en croyez pas,
Seigneur!

ALI.

Quoi?

MOAVIE.

Ce rival, ce mortel téméraire
Que menace ta haine et poursuit ta colère,
Il est devant tes yeux: c'est moi-même!

ZOBÉIDE.

O terreur!

ALI.

Jour heureux!

ZOBÉIDE.

(Tombant dans un fauteuil.)

Je meurs!

ALI.

Traître!

MOAVIE.

Eh bien ! à ta fureur,

Désormais, tu le vois, il n'est plus de barrière.

ALI.

Tu l'as dit : et je vais sur ton heure dernière

Rassembler des tourmens qui sauront expier

L'audace d'un rival qui m'ose défier....

A l'instant qu'aux muets on livre Moavie ;

Qu'il meure dans l'horreur d'une lente agonie ;

Gardes, hâtez vos pas et vengez votre roi.

MOAVIE.

Je souhaitais la mort, et j'y cours sans effroi.

(*Il sort au milieu d'une partie des gardes.*)

SCÈNE V.

ZOBÉIDE, ALI, GARDES.

ALI.

Enfin ! je vais jouir de ma double vengeance.

ZOBÉIDE.

(*Reprenant ses sens, et l'imagination frappée
d'images sinistres.*)

Ah ! Seigneur !.... arrêtez... quelle est votre espérance ?...

Non... un autre... que vois-je ? où suis-je ? ô jour fatal !

ALI.

Perfide ! ici, des yeux, vous cherchez mon rival ?

ZOBÉIDE.

Eh bien ?

ALI.

Madame, eh bien ! jouissez de ma joie.
On le traîne aux muets qui demandaient leur proie.

ZOBÉIDE.

Ciel !... il respire encore ! ah ! Seigneur ! par pitié,
Faites taire la voix de votre inimitié.
Révoquez, révoquez un arrêt sanguinaire.
Tremblante à vos genoux permettez que j'espère.....

ALI.

Qui ! moi ! je vous pourrais ?

ZOBÉIDE.

Seigneur, s'il faut un jour
Que mon cœur attendri réponde à votre amour,
Devez-vous à mes pleurs demeurant inflexible,
Rendre ainsi notre hymen à jamais impossible ?

ALI.

Perfide !

ZOBÉIDE.

Non, cruel! vous m'accusez en vain.

Vous vous trahissez seul, si vous n'allez soudain

Arrêter, des muets l'aveugle barbarie.

Méritez Zobéide, en sauvant Moavie.

ALI.

Se pourrait-il, princesse?

ZOBÉIDE.

Ah! Seigneur! songez-vous

A quel prix je vous puis accepter pour époux?

Les momens sont comptés. Trop lent pour la clémence,

Craignez de vos bourreaux la prompte obéissance.

Ce serait pour vos feux un obstacle éternel!

Courez les désarmer, je vous suis à l'autel.

ALI.

Soldats, de Moavie arrêtez le supplice.

Hâtez vos pas, courez.... Un si grand sacrifice,

Zobéide, peut-il vous suffire?

ZOBÉIDE.

Ah! Seigneur!

L'amour vous a montré le chemin de mon cœur!

Oui, je puis vous aimer; oui, mon ame ravie
Chérit déjà la main qui sauve Moavie !....
Mais, hélas! qui m'assure, en ce pressant danger,
Que vos muets cruels, trop prompts à vous venger?....

ALI.

Madame, pour vous plaire ai-je pu davantage ?
Tant de crainte, à la fin, pourrait me faire ombrage.
Voilez mieux l'intérêt qui vous fait aujourd'hui,
Contre mon rival même, obtenir mon appui.
Il vivra. Qu'il suffise à votre impatience
Qu'à le voir dans les fers je borne ma vengeance.

ZOBÉIDE.

Qu'entends-je? eh! quoi! Seigneur! une obscure prison
Attendrait Moavie ! est-ce là le pardon
Que je dois, de ma main, payer à votre flâme ?

ALI.

Qu'exigez-vous encor ? y pensez-vous, Madame?
Irai-je, déchaînant un rebelle, un ingrat,
Compromettre pour vous le salut de l'État ?

ZOBÉIDE.

Non, non: de Moavie ici je puis répondre.
Je connais ses vertus. Gardez de le confondre

Avec ces cœurs pervers que le poids des bienfaits
Accable, aigrit, révolte et ne fléchit jamais.

ALI.

C'en est trop ! je ne puis renoncer, pour vous plaire,
A garder de la paix ce gage salutaire.

ZOBÉIDE.

Et moi, Seigneur, et moi je refuse mon cœur
A celui qui, des miens éternel oppresseur,
Veut, du sang d'Ommiah que son courroux déteste,
Pouvoir, à chaque instant, épuiser ce qui reste.

ALI, *à part.*

O rage !

ZOBÉIDE.

    Voulez-vous, généreux à demi,
Épargner un seul jour un illustre ennemi,
Mais tenir cent poignards suspendus sur sa tête ?....
Ali, de notre hymen que la pompe s'apprête ;
J'y consens ; mais, avant de passer dans vos bras,
Il faut que Moavie aille en d'autres climats
Pleurer de Zobaïr la fille infortunée ;
Qu'il puisse loin de vous régler sa destinée,

6

Oublier ses malheurs et prouver qu'aujourd'hui,
J'ai pu, sans vous trahir, vous répondre de lui...
Mais, Seigneur...

ALI, *à part.*

Ma vengeance en sera plus certaine.

ZOBÉIDE.

Je vois vos yeux vers moi se tourner avec peine!...
Vous vous taisez!... Eh quoi! vous repentiriez-vous?...

ALI.

Non. Ne craignez jamais les refus d'un époux.
Qu'il vive, et de son sort que lui-même il décide;
Qu'il soit libre.

ZOBÉIDE.

O bonheur!

ALI.

Est-ce assez, Zobéide,
Est-ce assez vous prouver l'excès de mon amour?

ZOBÉIDE.

Tant de bonté me touche. Ah! Seigneur! dès ce jour,
Sur mon cœur subjugué par la reconnaissance,
Vous prenez, je le sens, une entière puissance.

Je me consacre à vous, heureuse désormais,
De pouvoir, à mon gré, payer tant de bienfaits.

SCÈNE VI.

LES PRÉCÉDENS, ABBAS.

ABBAS.

Que devons-nous penser de ce nouveau caprice,
Ali ?

ZOBÉIDE.

Comment, Seigneur ?

ABBAS.

Qui suspend ta justice ?
Sur ton rival, déjà le glaive était levé ;
Et c'est toi qui défends sa mort !

ZOBÉIDE.

Il est sauvé !

ALI.

Oui : c'est moi. Moavie a donc reçu sa grâce ?

ABBAS.

Sans plaisir, sans dédain ; tranquille et tout de glace,

6..

Tel qu'à la mort naguère on le voyait marcher,
Ou tel qu'à tes muets qui venaient le chercher....

A LI.

Il vit enfin ?

ABBAS.

Il vit.

A L I.

Vous l'entendez, Madame.
Cessez à la terreur d'abandonner votre ame.
Mais rentrez ; et souffrez qu'avant la fin du jour,
J'aille vous demander le prix de mon amour.

(Zobéide sort.)

SCÈNE VII.

ALI, ABBAS, GARDES.

ABBAS.

Le prix de ton amour! ... je n'ai plus rien à dire,
Ali : je vois quel est l'excès de ton délire,
Et ne demande plus quel prétexte fatal
A pu dicter l'arrêt qui sauve ton rival.

ALI.

Garde-toi, cher Abbas, de blâmer ma clémence,
Et ne te hâte pas d'accuser d'imprudence
Un arrêt que l'amour paraît avoir dicté.
Ne trouble point ma joie et ma félicité.
Aux bourreaux, il est vrai, j'arrache Moavie;
Avec la liberté je lui donne la vie....

ABBAS.

La liberté! qu'entends-je?.eh! comment, sans frémir,
A ce pacte imprudent as-tu pu consentir?

ALI.

J'ai tout prévu. Le soin d'une aveugle tendresse
Ne m'a point rendu sourd aux cris de la sagesse.
Ne m'interroge point, Abbas, mais laisse-moi
Le temps de te prouver que je n'agis qu'en roi.

ABBAS.

Ainsi donc, d'une femme adorateur servile,
Rappelant parmi nous la discorde civile,
Tu vas, lorsque le sort a pour toi prononcé,
Relever de tes mains ton rival terrassé!
Quelle est ton imprudence? eh! quel moment encore
Choisis-tu pour céder au feu qui te dévore!

Oulouk, chargé par toi d'un message important,
Du camp de Moavie arrive en cet instant.
Des rebelles, dis-moi, connais-tu la réponse?

ALI.

Non.

ABBAS.

Sais-tu leurs desseins?

ALI.

Non.

ABBAS.

Écoute et prononce.

ALI.

Ils n'ont point accepté l'offre de leur pardon?
Ils veulent, affermis dans leur rébellion,
Me braver, me combattre, et, de leur Moavie,
Par eux déjà cru mort, venger l'ignominie?
Abbas! à leurs refus je m'étais attendu.
Mais tu verras bientôt leur orgueil confondu.

ABBAS.

Il est beau de compter ainsi sur la victoire!
J'aime ta confiance; elle sauve ta gloire.

Mais, réduit à combattre encore tes sujets,

Pourquoi justifier leurs refus de la paix ?

Pourquoi leur rendre un chef dont la seule présence

D'un facile succès peut trahir l'espérance ?

Pourquoi surtout, pourquoi réveiller dans les cœurs,

Un fanatisme aveugle et ses noires fureurs ?

Je frémis des dangers où tu te précipites !...

Que n'as-tu, comme moi, pu voir les Karégites,

Alors que Moavie, attendant tes muets,

Semblait leur garantir ton triomphe et la paix ?

Dans la foule, j'ai su de cette secte impie,

Suivre les mouvemens ; et sa haine assoupie,

Voyant de ton rival le trépas incertain,

A semblé contre toi se ranimer soudain.

Que sera-ce s'il faut que bientôt elle apprenne

Que tu sauves ses jours, que tu brises sa chaîne,

Qu'il est libre ?

ALI.

Tranchons des discours superflus.

J'ai mes desseins. Bientôt tu ne te plaindras plus.

Je connais, mieux que toi, ce qui me reste à faire.

Va.... tu n'as pas besoin d'exciter ma colère !

Je hais trop mon rival pour ne pas l'accabler!

D'un secret que lui-même osa me révéler,

Connais tout le mystère; et juge si ma haine

Sur sa perte un instant peut rester incertaine,

Et si, quand Zobéide, en arrêtant ma main,

Offrit pour son époux de m'accepter enfin,

Ce sacrifice a pu suffire à ma vengeance.

Abbas! nous l'ignorions! ils s'aimaient dès l'enfance!

Ainsi deux fois ce traître a su justifier....

ABBAS.

A tant de honte, Ali, crois-tu m'associer?

Je ne m'en cache point: si ton cœur magnanime

N'écoutait que la voix d'une pitié sublime,

Quand de ton ennemi tu veux briser les fers,

Tu me verrais, moi-même, aux yeux de l'univers,

A ce trait généreux payer un juste hommage.

Sourd aux raisons d'État, et changeant de langage,

Peut-être en ce moment j'oublîrais ton danger

Pour jouir de ta gloire et pour la partager.

Mais d'un indigne amour le pouvoir despotique

Aux plus vils intérêts borne ta politique.

Et tu te flatterais qu'à ton lâche dessein,
Sans le combattre, Abbas pourrait prêter sa main !
Rougis plutôt, rougis, Ali, de ta faiblesse.
Secoue, il en est temps, le joug d'une maîtresse.
Dans le fond d'un sérail qu'elle soupire en vain ;
Rends-lui glace pour glace et dédain pour dédain.

ALI.

Eh ! le puis-je au moment où son ame attendrie
Promet de consentir au bonheur de ma vie ?
Quand je vais, sans péril, sans trahir mon devoir,
L'obtenir d'elle-même ?

ABBAS.

Eh bien ! à cet espoir
S'il te faut immoler le repos de l'Asie,
En le sauvant du moins désarme Moavie.
Retarde son départ, et sache, encore un jour,
Rester sourd aux conseils de ton fatal amour.
Tout est prêt : tes soldats, avec impatience,
Attendent un signal promis à leur vaillance;
Cours au camp d'un rival que te livrait le sort;
Marche, combats, triomphe, et, par un noble effort,

A ses amis vaincus, désormais sans défense,
Ne montre son salut que dans leur impuissance.
Si tu le peux, ainsi, dérobe à tous les yeux
De tes motifs secrets le mystère honteux.
Je le tairai, jaloux de ménager ta gloire;
Eh! puissé-je moi-même en perdre la mémoire!

A L I.

De tes conseils, Abbas, je connais tout le prix;
Mais, crois-moi, je saurai de mes vains ennemis
Confondre les projets et l'arrogance extrême.
Je vais entendre Oulouk, l'interroger moi-même:
Sortons: tu me verras, avant la fin du jour,
Satisfaire à ma gloire ainsi qu'à mon amour.

(*Ils sortent.*)

FIN DU QUATRIÈME ACTE.

ACTE V.

SCÈNE PREMIÈRE.

ABBAS, OULOUK.

ABBAS.

De ce long entretien, voilà donc le mystère,
Oulouk?

OULOUK.

Oui: j'ai reçu cet ordre sanguinaire.
Lorsque, pour la prière au saint temple appelés,
Le peuple et le Kalife y seront assemblés,
La porte de l'Euphrate ouverte à Moavie
Va le livrer aux coups d'une troupe ennemie
Qui l'attend au passage, et d'un fer assassin
Est déjà préparée à lui percer le sein.
Demain on répandra que cette mort cruelle
Est le coupable effort d'une secte rebelle

Qui croit, au nom du ciel, par de pareils forfaits,
A l'État ébranlé devoir rendre la paix.

ABBAS.

Quelle horreur ! il suffit, Oulouk ; je vous rends grâce.
Souffrez que, seul ici...

OULOUK.

　　　　　　Que faut-il que je fasse,
Seigneur ? à vos conseils laissez-moi récourir.
Daignez.....

ABBAS.

Votre devoir est de désobéir.

OULOUK.

Mais, au courroux d'Ali, qui pourra me soustraire?

ABBAS.

Moi. Je me charge seul du poids de sa colère?
Ah ! dussions-nous tous deux en épuiser les traits,
Sauvons-le, malgré lui, du plus grand des forfaits.
Pour notre prince, Oulouk, comme pour la patrie,
S'il nous faut prodiguer notre sang, notre vie,
C'est, surtout, de l'honneur quand il veut s'écarter,
Qu'il n'est rien qui nous doive ou nous puisse arrêter.

Contre lui-même il faut que notre résistance,

De sa gloire en péril embrasse la défense,

Lui serve de sagesse, et que du crime enfin,

Notre fidélité lui ferme le chemin.

Vous allez, dites-vous, informer Moavie

Qu'il n'a plus désormais à craindre pour sa vie?

Qu'il est libre?

OULOUK.

Oui, Seigneur.

ABBAS.

Daignez donc obtenir

Qu'Abbas un seul moment puisse l'entretenir.

Je vais l'attendre: allez.

OULOUK.

J'y vole, de mon zèle,

Heureux de vous donner cette preuve nouvelle.

(*Il sort.*)

SCÈNE II.

ABBAS.

Voilà donc le mortel que mon œil ébloui

Transformait en héros! c'en est donc fait, Ali!

De tes fausses vertus le masque se déchire;

Soigneux de te montrer indigne de l'Empire,

Tu veux de mes sermens me contraindre à rougir,

Et m'apprendre comment je dois m'en affranchir!..

Vains efforts! malgré toi, je sens que ma constance

Survit à mon estime. Armé pour ta défense,

On ne me verra point trahir mon premier choix

Et sous d'autres drapeaux invoquer d'autres droits...

Connaissons cependant qui je te sacrifie.

Mille vertus, dit-on, distinguent Moavie.

Sage dans les conseils, hardi dans les combats,

Il est l'espoir du peuple et l'amour des soldats...

Il vient... Sans passion jugeons sa renommée;

La gloire n'est souvent qu'une vaine fumée;

Et l'exemple d'Ali ne m'a que trop appris

De son éclat trompeur quel peut être le prix!..

SCÈNE III.

MOAVIE, ABBAS, GARDES.

MOAVIE.

Quel intérêt vous fait désirer ma présence,
Abbas ?

ABBAS.

Je l'attendais avec impatience.
L'esprit préoccupé d'un sinistre avenir,
J'ai souhaité, Seigneur, de vous entretenir.
Ali brise vos fers, il vous rend à vous-même,
Je ne veux ni blâmer son imprudence extrême,
Ni chercher à m'en faire un mérite à vos yeux.
J'ai long-temps combattu ce dessein généreux,
Je ne m'en cache point : l'intérêt de la terre
Me faisait n'écouter que le droit de la guerre.
J'ai dit, sans hésiter, que votre seul trépas
Pouvait rendre le calme à ces tristes climats.
Me serais-je trompé, Seigneur ? et dois-je croire,
Que des bienfaits d'Ali conservant la mémoire,
On ne vous verra plus, les armes à la main,
Lui disputer encor le pouvoir souverain ?

M O A V I E.

Quels sont donc ces bienfaits, Abbas, dont la puissance
Impose un tel effort à ma reconnaissance?
S'il me faut d'un tel prix payer ma liberté,
Qu'il la reprenne. Eh! quoi! se serait-il flatté
Que je mette à l'honneur moins de prix qu'à la vie?
Moi! je pourrais souscrire à tant d'ignominie!
Moi! de l'assassinat légitimer les droits!
Moi! trahir et ma gloire et la cause des rois!
S'il m'épargne, sans doute une raison plus forte
Dans son perfide cœur sur sa haine l'emporte;
Sans doute un intérêt, que je ne comprends pas,
De ses bourreaux cruels a retenu le bras.
Mais, de cette clémence un horrible mystère
Cache en vain le motif, le but et le salaire;
Il n'éblouira pas un œil tel que le mien.
Par votre cœur, Abbas, ne jugez pas du sien.
Sa politique attend une autre récompense,
Que ma soumission ou ma reconnaissance;
Ses prétendus bienfaits, au lieu de me fléchir,
Ne font que m'exciter encore à le punir.

ABBAS.

Ainsi, de son parti j'embrassais la défense,
Lorsque je m'opposais à votre délivrance!
Ainsi, rien ne pourra fléchir votre courroux,
Si le sort vous appelle à triompher de nous!

MOAVIE.

Que dites-vous, Abbas? et par quelle injustice
Pensez-vous, si le ciel à mes vœux est propice,
Qu'ainsi de mes succès je perdrai tout le prix?
Aux yeux d'un prince sage, il n'est point de partis.
Il sait trop ce que peut la discorde civile!
Il sait trop, vers l'erreur, quelle pente facile
Peut, dans ces temps affreux, dans ces jours de fureur,
Entraîner la vertu, la sagesse, l'honneur!
Pourrais-je l'oublier? pourrais-je méconnaître,
Puisqu'Abbas refusa de m'avouer pour maître,
Qu'on put, sans mériter ma haine ou mes mépris...

ABBAS.

Seigneur!

MOAVIE.

De cette erreur préservez vos esprits:

7

Puisse le ciel, enfin, me rendre la victoire!

Vous me verrez, Abbas, mettre toute ma gloire

A conquérir le cœur de sujets tels que vous.

Ali, le seul Ali, mérite mon courroux.

Du meurtrier d'Othman que je purge la terre,

Il me suffit; bientôt, des malheurs de la guerre,

Je veux que l'Orient perde le souvenir.

Je veux qu'un peuple heureux s'accoutume à chérir

Des enfans d'Ommiah le règne tutélaire.

Le premier de ma race, on me verra, j'espère,

Enseigner à mes fils, qu'unis d'un sort commun,

La loi, l'État, le peuple et le roi ne font qu'un;

Que si le peuple souffre, au sein de sa puissance

Son chef souffre à son tour; qu'ainsi la Providence,

Veillant sur son ouvrage et réglant nos destins,

Intéressa les rois au bonheur des humains.

ABBAS.

Que vous m'attendrissez! que j'aime à vous entendre!

Le malheur vous frappa dès l'âge le plus tendre;

Vous avez profité de ses hautes leçons.

Je le vois: mais, Seigneur, il faut aux passions

D'un peuple turbulent, farouche, téméraire,
Opposer des rigueurs la digue salutaire.

MOAVIE.

Sans doute : la justice est le devoir d'un roi.
Mais, la bonté, Seigneur, est le plus noble emploi,
Le plus digne soutien d'un pouvoir légitime.
Ainsi s'immortalise un prince magnanime.
Ainsi, cher à son peuple, il peut, avec orgueil,
Envisager les temps au-delà du cercueil.

ABBAS.

Tant de vertu me charme et... m'accuse peut-être !
Ah ! soyez mon vainqueur et vous serez mon maître,
Seigneur... mais vos dangers ne sont point écartés !...
Je frémis d'y penser !

MOAVIE.

Comment ?

ABBAS.

Si vous partez,

Si vous quittez ces lieux... puis-je achever le reste ?

MOAVIE.

Eh ! bien ?

ABBAS.

Dérobez-vous au sort le plus funeste.

7.

Gardez vers votre camp de diriger vos pas,

Et, par de longs détours, rejoignez vos soldats.

MOAVIE.

Qu'ai-je à craindre ?

ABBAS.

La mort est sur votre passage;

Fuyez-la... je ne puis en dire davantage;

Mais redoutez l'instant où, loin de ces remparts,

Vous penserez...

MOAVIE.

Abbas ! je lis dans vos regards

Et j'y vois qu'à mon sort votre cœur s'intéresse!

ABBAS.

Je suis épouvanté du péril qui vous presse.

Que ne puis-je moi-même !

MOAVIE.

En cette extrémité,

Je pourrais à moi seul devoir ma liberté.

ABBAS.

Que dites-vous, Seigneur ?

MOAVIE.

Si mon destin vous touche,

Mon salut dépendra d'un mot de votre bouche.

ABBAS.

Se pourrait-il?.. parlez...

MOAVIE.

Jasser et ses soldats

M'obsèdent sans relâche; ils suivent tous mes pas,

Et, contre leurs regards, la veuve du Prophète,

Elle-même, ne peut m'offrir une retraite...

ABBAS.

Eh bien!

MOAVIE.

Qu'un seul instant, je puisse, sans témoin,

Consulter Aïscha dans ce pressant besoin;

Qu'à cette garde enfin, dont elle est entourée,

De son appartement on défende l'entrée;

Je ne veux rien de plus: dans une heure, Seigneur,

J'aurai trompé, d'Ali la brutale fureur.

ABBAS.

Je n'ose partager cette frêle espérance.

Mais Jasser est placé sous mon obéissance...

Jasser!...

(Jasser vient recevoir les ordres d'Abbas et
rentre chez Aïscha, d'où il ressort bientôt avec
tous ses soldats, qu'il dispose pour faire, extérieu-
rement seulement, la garde de cet appartement.)

Soyez content : vous êtes désormais,

Prince, ainsi qu'Aïscha, libre dans ce palais.

En vous servant ainsi, je m'expose peut-être,

Même à vos yeux, Seigneur, à passer pour un traître ;

Mais...

MOAVIE.

Si vous le craignez, oubliez mon danger,

Et cessez de me plaindre et de me protéger.

ABBAS.

Non, non : ce que je fais, je puis, je dois le faire.

Je me respecte assez pour oser du vulgaire

Braver les jugemens, quand, dans le fond du cœur,

Je sens que j'obéis à la voix de l'honneur.

Votre mort, ce matin, me semblait légitime ;

Je la hâtais : ce soir on médite un grand crime,

Et cette même main qui guidait vos bourreaux,

Doit de vos assassins arrêter les complots.

MOAVIE.

Puis-je assez reconnaître un service si rare ?

ABBAS.

Hâtez-vous : le temps fuit, le crime se prépare ;

Fuyez-le, s'il se peut. Vos jours sont menacés,
Sauvez-les, et mes soins seront récompensés.

MOAVIE.

Voici l'instant heureux où mon sort se décide.
Mais au pouvoir d'Ali je laisse Zobéide !
Il le faut, je le sens ; et malgré son danger....
Vous seul, hélas ! Seigneur, pouvez la protéger....
Souffrez que j'ose ici compter sur votre zèle.

ABBAS.

Si mon zèle suffit, ne craignez rien pour elle....
Ali vient !.... Fuyez, prince, et ne songez qu'à vous.

MOAVIE.

Adieu.... Puisse le ciel seconder mon courroux !

(Il entre chez Aïscha.)

SCÈNE IV.

ABBAS, ALI, GARDES.

ALI.

Abbas, voici l'instant où mon saint ministère
Appelle, sur mes pas, le peuple à la prière.

Tu me suivras : je veux avec solennité,

Célébrer le moment de ma félicité.

C'est ce soir, qu'au saint temple avec pompe amenée,

Zobéide à mon sort unit sa destinée....

Qu'elle vienne !.... Soldats !.... qu'on la fasse avertir !

ABBAS.

A cet hymen, enfin, elle a pu consentir ?

ALI.

Je t'en ai dit le prix : je sais que ta sagesse,

Envers moi trop sévère, accuse ma faiblesse ;

Que tu n'approuves pas, qu'en ce moment fatal,

Je brise de mes mains les fers de mon rival....

ABBAS, *avec une noble ironie.*

Les avis d'un ami, les vœux de ton armée,

Le salut de l'État, dans ton ame enflâmée,

Devaient-ils balancer l'intérêt de l'amour ?

Poursuis, Ali, poursuis : tu verras, dès ce jour,

Qu'Abbas à tes desseins ne sera plus contraire.

Je ne veux désormais qu'obéir et me taire.

Dispose, agis, commande, et ne redoute plus,

D'un importun ami les conseils superflus.

ALI.

Quel discours, cher Abbas!... Mais voici Zobéide !

SCÈNE V.

ABBAS, ALI, ZOBÉIDE, GARDES.

ALI.

Madame, auprès de vous un doux espoir me guide.
Il est venu l'instant promis à mon ardeur :

ZOBÉIDE.

O ciel !

ALI.

Daignez me suivre où m'attend le bonheur.

ZOBÉIDE.

Seigneur, je vous suivrai.... Soit vertu, soit faiblesse,
Je saurai, sans me plaindre, accomplir ma promesse ;
Mais vous savez quel prix j'ai le droit d'exiger,
Prête à former ces nœuds qui vont nous engager.

ALI.

J'ai tout prévu. Fidèle au serment qui me lie,
Vous m'allez voir briser les fers de Moavie.

Vous-même ici pourrez recevoir ses adieux.

Talcha! qu'on cherche Oulouk, qu'il vienne dans ces lieux,

Suivi de son captif que ma bonté délivre,

Et jusque dans son camp qu'il soit prêt à le suivre.

ABBAS, *avec une froide sévérité.*

Sans doute, Ali, l'hymen où tu t'es préparé,

Jusqu'au retour d'Oulouk doit être différé?

ALI.

Qu'oses-tu dire?

ZOBÉIDE, *étonnée et inquiète.*

Eh quoi! Seigneur?

ABBAS.

Si Zobéide

A recevoir ta main aujourd'hui se décide,

Doit-elle s'exposer à perdre sans retour

Le prix du sacrifice offert à ton amour?

ZOBÉIDE.

Comment?

ABBAS.

D'un noir dessein, d'un projet trop coupable,

Zobéide, croyez qu'Ali n'est point capable.

Mais je suis informé que de vils assassins

Ont de la ville au camp occupé les chemins.

J'en dis assez....

ALI, *troublé et menaçant.*

Abbas !

ABBAS.

Une main ennemie,

Ali, veut attenter aux jours de Moavie....

ALI, *à part.*

O traître !

ZOBÉIDE.

O jour d'horreur !

ABBAS.

J'ai dû t'en avertir.

Tu connais son danger ; sache l'en garantir.

ZOBÉIDE.

Seigneur, souffrirez-vous ?

ALI.

Écho d'une imposture,

Abbas nous trompe.

ABBAS, *fixant Ali d'un air sévère.*

Non :.... la trahison est sûre....

Je la connais !

ZOBÉIDE.

Mon sang se glace de terreur !

ABBAS.

Tu balances, Ali ?.... Consulte ton honneur.
Sache que le soupçon le plus illégitime
Flétrit toujours celui qui profite d'un crime.

ALI.

L'innocence le brave; et mon orgueil blessé,
Si je m'en occupais, serait trop offensé.
Venez, Madame.

ZOBÉIDE.

Non : qu'on m'arrache la vie,
S'il faut qu'à vos sermens....

ALI.

Attendons Moavie.
Il va venir; témoin qu'ils seront accomplis,
Songez, sans différer, à m'en payer le prix.

ZOBÉIDE.

Zobéide, Seigneur, ne sera point parjure.
Mais souffrez que ma crainte aujourd'hui se rassure;
Souffrez que Moavie en son camp soit remis,
Avant que pour jamais nous nous voyions unis.

ABBAS.

Veux-tu que rien ne cède à l'ardeur qui t'emporte?
Permets qu'à ton rival, Abbas serve d'escorte.
Je réponds de ses jours, et j'ose me flatter
Qu'à ma foi Zobéide...

ZOBÉIDE.

Ali, sans hésiter,
Si vous daignez d'Abbas encourager le zèle,
J'accepte votre main.

ALI.

Un rapport infidèle,
Madame, nous doit-il occcuper si long-temps?
Qu'on s'en rapporte à moi.

ZOBÉIDE.

Perfide ! je t'entends.
Tu trembles de te voir arracher ta victime;
Mais ne te flatte pas de jouir de ton crime,
Et s'il te faut du sang, que ton bras furieux....

SCÈNE VI.

LES PRÉCÉDENS, OULOUK.

OULOUK.

Ah! Seigneur! Moavie a fui loin de ces lieux!

ZOBÉIDE.

Ciel!

ALI.

Qu'entends-je!

ABBAS.

O bonheur!

ALI.

Quel est le téméraire

Qui m'ose ainsi trahir et braver ma colère?

ABBAS, *avec dédain.*

Ta colère?...

OULOUK.

Aïscha n'est plus dans ce palais.

ALI.

Quoi!

OULOUK.

Tout a disparu, ses femmes, ses muets.

De son appartement j'ai parcouru l'enceinte;

Il n'est plus .qu'un désert.

ALI.

O fureur trop contrainte!

Quels supplices pourront punir l'audacieux,

Le traître, le cruel qui trompe tous mes vœux!

Holà! Gardes! courez et secondez ma haine,

Qu'on s'attache à leurs pas; allez: qu'on les ramène.

Vous m'en répondez tous.

OULOUK.

Seigneur, tous vos soldats

Sont au temple.

ALI.

Il n'importe!

OULOUK.

Et déjà sur leurs pas

Tout le peuple accouru....

ALI.

Qu'il attende!.... ma rage

M'égare; je le sens!.. dévorons mon outrage,

Renfermons les fureurs dont je suis agité....

Madame, mon rival est donc en liberté;

Vous l'entendez? sa fuite acquitte ma promesse;
A votre tour, venez couronner ma tendresse.
Suivez-moi.

ZOBÉIDE.

Tu pourrais conserver cet espoir ?
Non, traître! Zobéide échappe à ton pouvoir.
Mon amant m'affranchit d'un joug que je déteste.
Je m'immolais pour lui, quand mon destin funeste
Voulait que par toi seul il pût être sauvé;
Il l'est sans ton secours ! il t'a tout enlevé,
Mes promesses, tes droits. Il me rend à moi-même!
Laisse-moi m'enivrer de ce bonheur suprême!
Je ne te dois plus rien. Ma haine et mon mépris,
De ton infâme amour seront le digne prix.

ALI.

A cette trahison n'espérez pas, Madame,
Que je puisse jamais assujétir ma flâme...
On m'attend... je ne puis punir en cet instant
L'insupportable affront du refus insultant
Qu'ose ici prononcer votre bouche parjure;
Mais mon cœur est trop fier pour souffrir cette injure...

Je pars, réfléchissez au sort, qu'à mon retour,
Peuvent vous réserver ma haine ou mon amour.

(Il sort avec toute sa suite.)

SCÈNE VII.

ZOBÉIDE, ET, DANS L'ÉLOIGNEMENT, TALCHA,
GARDES.

ZOBÉIDE.

Ta menace, Tyran, me rend tout mon courage!
Ne craignant que pour moi, je braverai ta rage!
Va: ne te flatte pas que, pour m'en affranchir,
Mon lâche cœur essaye encor de te fléchir.
Est-ce ma mort que veut ta brutale tendresse?
Eh bien! ordonne-la; sans crainte, sans faiblesse,
Tu me verras, livrée à ta férocité,
Du pur sang d'Ommiah soutenir la fierté.
Mais, frémis, à ton tour; armé pour ma vengeance,
Un héros te menace; il te cherche; il s'avance;
Tremble: le juste ciel a commis à son bras
Le soin de te punir de tous tes attentats...

8

Mais, hélas! où m'emporte un espoir trop fragile!
Eh! que lui servira sa vengeance inutile!
Si je meurs, quel triomphe apaisera jamais
L'excès de ses douleurs, l'horreur de ses regrets?...
Et vous, tendre Aïscha, vous, ma seconde mère!
Vous qui m'aimez autant que mon cœur vous révère!
C'est peu que, loin de vous, un infâme assassin,
Dans mon sang malheureux ose tremper sa main,
Il faut que cette mort, qui glace mon courage,
De votre désespoir me présente l'image!
Son approche est horrible! et je n'ose y penser....
Mais, que vois-je?

SCÈNE VIII.

LES PRÉCÉDENS, ABBAS.

ZOBÉIDE.

Seigneur, qu'allez-vous m'annoncer?
Des vengeances d'Ali seriez-vous le ministre?
Quel trouble vous agite, et quel regard sinistre

Frappe mes sens émus d'une sombre terreur ?

ABBAS.

Vous me voyez, Madame, au comble de l'horreur.
Ali n'est plus.

ZOBÉIDE.

O ciel !

ABBAS.

Comme lui, Moavie,
En ce moment fatal, est peut-être sans vie.

ZOBÉIDE.

Dieu ! le froid de la mort a glacé tous mes sens.

ABBAS.

O des troubles civils trop funestes présens !
Dans toute sa laideur j'ai vu le fanatisme,
Affectant des martyrs le tranquille héroïsme.
Au temple parvenu, le Kalife, à pas lents,
S'avançait vers l'autel où, chef des vrais croyans,
Il allait au Très-Haut adresser sa prière.
Tout à coup, sur son sein, une main meurtrière,
A nos yeux effrayés, frappe un coup assuré.
Il tombe; dans son cœur le fer a pénétré.

Et, malgré tous nos soins, sa débile paupière

A l'instant pour jamais se ferme à la lumière.

Cependant tout le peuple, enflammé de courroux,

S'élance, et l'assassin, percé de mille coups,

Va d'un si grand forfait recevoir le salaire...

J'accours, je le défends d'une aveugle colère;

Je l'interroge et crois, de ce complot affreux,

Qu'il va nous dévoiler le mystère odieux...

Mais, ô comble d'horreur! une infernale joie

Dans ses yeux enflammés éclate et se déploie.

Le monstre vers le ciel élève et tend les bras:

D'un regard fanatique invoquant le trépas,

Il fixe des martyrs la demeure éternelle

Et semble couronné de leur palme immortelle.

« O mahomet! dit-il, j'ai rempli mon devoir;

» Musulmans, du Prophète adorez le pouvoir.

» Lui seul arma mon bras; lui seul marqua la place

» Où dut frapper ce fer, dirigé par la grâce

» De ce Dieu tout-puissant qu'ont lassé vos forfaits.

» A l'islamisme enfin il a rendu la paix.

» Sachez qu'un même coup a frappé Moavie.

» Que ce jour vous apaise et vous réconcilie.

» Reconnaissez d'Othman le digne successeur

» Dans celui qu'Aïscha »…. Le peuple à sa fureur

S'abandonne à ces mots. Il court, se précipite,

M'enveloppe, m'écarte, et l'affreux Karégite…

ZOBÉIDE.

Ah! Seigneur! est-il vrai? Dieu l'aurait-il permis?

Ce héros?….

ABBAS.

La terreur est dans tous les esprits.

Cependant vers son camp, Oulouk, en diligence,

Est allé l'assurer de notre obéissance.

Pour éclaircir son sort, il faut l'attendre.

ZOBÉIDE.

Hélas!

ABBAS.

Il ne saurait tarder…

ZOBÉIDE.

Dieux, quels bruyans éclats!

Quels cris tumultueux font frémir ce portique!…

ABBAS.

Madame! c'est un cri d'allégresse publique!

Il est sauvé!

ZOBÉIDE.

Grand Dieu ! laisse-moi cet espoir.…

On avance,… ô bonheur !…

SCÈNE IX ET DERNIÈRE.

ZOBÉIDE, MOAVIE, ABBAS, OULOUK, GARDES.

MOAVIE.

Je puis donc vous revoir,

Zobéide !

ZOBÉIDE.

En mes bras est-ce vous que je presse,

Cher prince ?

MOAVIE.

Que ce jour soit un jour d'allégresse.

Le ciel, le juste ciel termine les débats

Dont gémirent long-temps ces malheureux climats;

Il rend à mes sujets une paix nécessaire ;

J'en fus le défenseur ; j'en veux être le père.

(*La toile tombe.*)

FIN DU CINQUIÈME ET DERNIER ACTE.